紀念
中國人民抗日戰爭暨世界反法西斯戰爭勝利 80 周年
台灣光復 80 周年

—— 正氣推薦 ——

呂正惠 清華大學、淡江大學名譽教授——
諾貝爾文學獎通常不會頒給立場鮮明的左派作家，特別是左派詩人，聶魯達是少有的例外。他的成就是如此的卓著，聲名是如此的顯赫，連諾貝爾獎都不得不頒給他！本書的譯者是大陸最著名的拉美文學翻譯家。

施善繼 毒蘋果詩人——
常年沉迷於法西斯佈建的蜜汁網羅，爛醉如泥沒有終期的愛詩者，
習慣並容於法西斯氛圍的聲光雷電，癱軟無力意欲振作的愛詩者，
這一部詩集可以祛魅，推薦給你。

張翠容 香港新聞工作者——
聶魯達的反法西斯詩選令我想起他廣為流傳的名言：「愛是這麼短，遺忘是這麼長。」今天再度整理出版，對世界不無諷刺。1930 年代的西班牙內戰，出現了一場阻擋法西斯前進的浩蕩國際隊伍，大家都感到有共同守護人類文明核心價值的責任。可是，現在發生在加薩法西斯式的種族清洗，所謂西方自由世界，卻處處顯得計算和偽善，似乎遺忘了八十年前奮力抵抗法西斯的情景。聶魯達詩選沒有過時，反而是當今這個時代的警世鐘聲。

黃志翔 著名編導、作家——
西班牙內戰被喻為全世界反法西斯的前哨戰，聶魯達等五位來自不同國家的知名詩人以詩代槍，為西班牙和全人類的自由解放而戰。正當法西斯浪潮在台灣與世界捲土重來的此際，本詩集的出版尤顯珍貴。

楊渡 著名作家、詩人——
詩，是長夜的火把；是荒原的鐘聲；是苦難的哀歌；卻也是控訴的鼓聲；鼓舞著一顆小小的心，繼續跳動，前行。

管中閔 台灣大學前校長、中央研究院院士——
這本詩集帶我們從不同視角回顧，有著法西斯迫害和戰爭殺戮的苦痛時代。詩無法阻止戰爭，但是可以撫慰人心，讓我們在戰火的角落中，仍然看到愛與希望。

盧倩儀 中央研究院歐美研究所研究員——
曾確信戰爭殺戮屬於歷史課本，納悶那代人怎就沒認出額頭長角的法西斯。當赫然驚覺它額頭不長角，亦從未曾真正離去，閱讀西班牙奇蹟，終究能找到勇氣。

（依姓氏筆畫排序）

人民的風席捲著我

聶魯達等國際詩人反法西斯詩選

聶魯達 等——作者

趙振江　——翻譯

張鈞凱　——主編

卄卄原鄉人文化工作室

翻譯／趙振江

1940年生，北京順義人。中國作家協會會員，北京大學西語系教授，秘魯里卡多·帕爾瑪大學（Ricardo Palma University）名譽博士。曾任北大西語系主任、中國西葡拉美文學研究會會長。著作和譯作數十部，並與西班牙友人合作翻譯出版西文版《紅樓夢》。曾獲西班牙伊莎貝爾女王騎士勳章和「智者」阿方索十世十字勳章、阿根廷「五月騎士勳章」、智利聶魯達百年誕辰勳章，曾獲中坤國際詩歌獎翻譯獎、魯迅文學（翻譯）獎、陳子昂詩歌（翻譯）獎、「新詩百年貢獻獎」、「翻譯文化終身成就獎」和1573國際詩歌翻譯獎。

主編／張鈞凱

1985年生，台灣雲林人。2025年籌備成立原鄉人文化工作室（My Native Land Studio），以說原鄉的故事為宗旨。現為《風傳媒》主筆兼兩岸中心主任，政治大學兩岸政經研究中心研究員。台灣大學政治學系畢業（輔修歷史學系），台灣大學政治學研究所碩士，曾就讀北京大學國際關係學院博士班。歷任《多維新聞》兩岸組組長，《多維TW》月刊主編兼主筆，《香港01》駐台灣首席記者。著有《馬英九與保釣運動》。

目錄

「四海一家」不是夢——台灣版序／倪慧如／ vii
為了人類的希望而反抗——大陸版序／吉狄馬加／ xi
還原歷史、震撼良心的偉大詩篇——出版者的話／張鈞凱／ xv

西班牙在心中
巴勃羅・聶魯達（Pablo Neruda）

祈求／ 2
詛咒 轟炸／ 3
西班牙 因富人而貧困／ 5
傳統／ 7
馬德里（1936）／ 8
我作幾點說明／ 10
獻給陣亡民兵母親們的歌／ 14
西班牙當時的狀況／ 18
國際縱隊來到馬德里／ 20
哈拉馬河戰役／ 23
阿美利亞／ 26
被凌辱的土地／ 28

i

桑胡爾霍在地獄／30

莫拉在地獄／31

佛朗哥將軍在地獄／32

廢墟上的歌／36

人民武裝的勝利／39

同業公會在前線／40

勝利／42

戰後即景／43

反坦克手／45

馬德里，1937 ／48

陽光頌歌 獻給人民軍隊／52

西班牙，請拿開這杯苦酒
塞薩爾・巴略霍（César Vallejo）

一　獻給共和國志願軍的歌／56

二　戰鬥／65

三　佩德羅・羅哈斯／73

四　／76

五　死神的西班牙形象／78

六　畢爾包失陷後的送別／81

七　／83

八 ／85
九　獻給共和國英雄的小安魂曲／88
十　特魯埃爾戰役的冬天／90
十一　／92
十二　群眾／93
十三　為杜蘭戈的廢墟擂響喪鼓／95
十四　／97
十五　西班牙，請拿開這杯苦酒／99

西班牙：四種苦惱和一個希望的詩
尼古拉斯・紀廉（Nicolás Guillén）

苦惱之一：金石的目光／104
苦惱之二：你的血管，我們的根／107
苦惱之三：我的骨骼在你士兵的身上行動／109
苦惱之四：費德里科／111
希望之聲：一支歡樂的歌飄蕩在遠方／115

詩選十三首
拉斐爾・阿爾貝蒂（Rafael Alberti）

你們沆瀣一氣／122
我屬於第五團／124
保衛馬德里／125
保衛加泰隆尼亞／128
致漢斯・貝姆勒，馬德里的衛士／131
致國際縱隊／134
你們沒有倒下／135
致一位不該死去的詩人的輓歌／137
七月十八日／139
夜曲／141
西班牙內戰中的胡安・帕納德羅／143
胡安・帕納德羅向「熱情之花」致敬／149
懷念在西班牙內戰中犧牲的英雄：
　何塞・加約索和安東尼奧・塞奧內／155

人民的風
米格爾・埃爾南德斯（Miguel Hernandez）

1　輓歌之一／164
2　我坐在死者的屍體上／170

3　人民的風席捲著我／174

4　拉犁的兒童／178

5　膽小鬼／182

6　輓歌二／186

7　我們的青年永垂不朽／189

8　我召喚青年／191

9　請關注這呼聲／197

10　爆破手羅莎里奧／204

11　短工們／206

12　致犧牲在西班牙的國際戰士／209

13　採橄欖工／210

14　眼前的塞維亞／213

15　灰色的墨索里尼／218

16　手／222

17　汗水／225

18　快樂的誓言／228

19　一九三七年五月一日／232

20　戰火／234

21　丈夫士兵之歌／236

22　西班牙農民／239

23　熱情之花／243

24　歐斯卡迪／247

25　曼薩納雷斯河的力量／250

v

譯後記／趙振江／254

附錄一　致一位犧牲在亞拉岡前線的戰友的輓歌
　　　　（奧克塔維奧·帕斯）／258
附錄二　本書詩人生平與創作年表／262

「四海一家」不是夢
—— 台灣版序

倪慧如

　　1936年7月，西班牙爆發了一場非比尋常的戰爭。佛朗哥（Francisco Franco）將軍不滿2月西班牙大選的結果——左翼政黨聯盟「人民陣線」獲勝，於是他在教會、地主和保皇派的支持下，發動軍事叛變，企圖推翻這個民選出來的西班牙共和國。他迅速引進德國希特勒（Adolf Hitler）和義大利墨索里尼（Benito Mussolini）的軍援，使得一場內戰，在一夜之間，轉化成對抗國際法西斯的戰爭。

　　面對這場反法西斯戰爭，西方國家簽署「不干涉協定」，紙上表面中立，實際上不但姑息德、義繼續軍援叛軍，美國還販賣石油和軍火給叛軍，而受害的西班牙共和國卻得不到自衛的武器。

　　雖然西方國家在法西斯和西班牙人民之間選擇了前者，但是「不許法西斯通過！」（¡No Pasarán!）的口號，響徹西班牙大街小巷。五洲四海的人們警覺到，德、義法西斯的胃口不只是在西班牙，那裡只是他們試驗新式武器和戰略的打靶場，法西斯的野心是要鯨吞全世界！正如同加拿大醫生白求恩（Henry Norman Bethune）所說：「如果不在西班牙把他們阻擋下來，世界就會變成一個屠宰場！」

　　預感到世界大戰風暴的來臨，四萬多位男女老少，來自六十個國家，從各自安身立命的角落，離鄉背井，志願趕到西

班牙，參加國際縱隊，和西班牙人民一起抵抗法西斯。美國新聞記者詹姆斯・拉德納（James Phillips Lardner）說明為什麼他報名參戰：「這是一場正義的戰爭，全世界的年輕人都不得不問自己一個問題：你有什麼理由置身不顧？」連正在抵抗日本法西斯侵略的中國，也有十數人到西班牙參戰。

　　全世界藝術家用流淚的詩篇，憤怒的畫筆不懈地創作詩歌和繪畫，喚醒人們的良知，成為抵抗法西斯的燃料。這本《人民的風席捲著我》，五位來自智利、秘魯、古巴和西班牙詩人，用沉痛的筆寫下國際縱隊的篇章。智利詩人巴勃羅・聶魯達（Pablo Neruda）要上至天上的星星，下達大地的穀穗，都銘記為西班牙捐軀的國際志願者的名字，因為他們「復活了大地的信任，死去的靈魂，喪失的信仰。」他們用不著去參戰，那是一個陌生國家的戰爭，不能為他們的家鄉帶來榮耀，但是為了西班牙人民的自由，他們不顧一切地去了，抵抗國際法西斯，大步走進死亡的陰影。美國作家海明威（Ernest Miller Hemingway）祭悼這些陣亡的國際志願者，寫道：「沒有人比在西班牙陣亡的人還要光榮地入土，這些光榮入土的人士，已經完成了人類的不朽。」

　　因為西方國家禁運武器到西班牙，在武器極端懸殊下，西班牙共和國最終抵擋不住法西斯，1939 年 4 月 1 日馬德里淪陷，西班牙內戰終結。五個月後，國際縱隊的預言終於應驗，德國進軍波蘭，觸發了世界大戰。未來的六年，人間變成火煉的地獄，吞噬了五千萬個生命，直到西方國家聯手出擊，才遏止住國際法西斯。如果當年西方國家不阻擋西班牙購買武器，抵抗德、義法西斯，世界歷史也許就會改寫了。但西班牙內戰以悲劇終場，西班牙人民在佛朗哥的獨裁統治下，遭受了長達三十六年的白色恐怖，直到佛朗哥躺入泥土。

　　今年是世界戰勝國際法西斯八十周年，但法西斯並沒有絕跡。許多國家諸如德國、法國、西班牙、匈牙利紛紛出現極右翼政黨，並且日漸受到選民的支持，2010 年匈牙利終於選出一個法西斯政府，匈牙利的經驗啟發了川普（Donald Trump）。

「四海一家」不是夢——台灣版序

　　2021年1月6日，川普想推翻他敗選連任總統的事實，公開鼓動支持者遊行到國會大廈，「拚命戰鬥」，那裡正在認證選舉的結果，導致公民暴力入侵國會大廈，險些政變成功。這種從下層湧現的大眾現象，使得美國研究法西斯主義專家羅伯特・帕克斯頓（Robert Paxton）給川普主義貼上法西斯的標籤。帕克斯頓在2004年出版的《法西斯主義的解剖》（The Anatomy of Fascism）書中，寫道：「法西斯主義並非明確地建立在精心設計的哲學體系之上，而是建立在民眾的感受之上：自認優等民族、受到不公正的命運，以及支配劣等民族的合法性。」

　　美國是一個崇尚白人至上的國家。隨著資本全球化的快速發展，貧富懸殊達到驚人的差距，中下階層民眾生活水準大幅低落，不少民眾把美國的衰退，歸罪於有色人種的移民搶了他們的飯碗。2024年，川普競選以驅逐移民為號召，創造就業機會，「讓美國再次偉大」，獲得大批民眾的共鳴，用選票把川普再度送入白宮。

　　美國的情況，讓人想到第一次世界大戰後的德國，它割地賠款面臨經濟危機，希特勒誓言重振昔日國威，煽動民眾雅利安人種（Aryan race）至上的情緒，將國家衰敗歸咎於猶太人，被總統任命為德國總理，實施納粹屠殺猶太人等一系列的法西斯政策。

　　今年1月川普入主白宮，立刻實踐他的競選承諾，大肆遞解移民，興建拘留營來關押人數眾多的移民人群。同時他不斷地擴大總統權力，脅迫立法和司法部門完全臣服於他，縱容他超越憲法，以行政命令執政，誹謗政治對手和記者為邪惡，為起訴威脅埋下伏筆，最高法院已淪為他的私人印章。而國庫資源已被他武器化，用來嚴格控制大學和媒體，壓制知識分子的思想和言論自由。軍事上，他飆升軍備預算，強化軍武備戰，清洗軍隊領導，務使軍隊效忠的對象不是憲法，而是川普。對外，他向全世界發動關稅大戰，逼迫各國簽訂不平等的關稅協議，並公開野心要併吞格陵蘭，把加拿大併入美國。川普上任才半年，就已經撕裂了美國社會，攪亂了世界局勢。

回想八十年前，世界是怎樣戰勝法西斯？這不得不讓人想到國際縱隊，不僅僅是他們與西班牙人民一起抵抗法西斯，推遲了法西斯發動世界大戰的時間表，給予西方國家機會來備戰，更獨特的是國際縱隊所展現的「四海一家」精神。

　　在那個年代，參加國際縱隊的志願者非常踴躍，人數超過四萬人，更不可思議的是，他們來自六十個國家，而當年全世界的國家數目還不到八十個。他們不顧語言障礙，不問是否會戰死，也不問是否會打勝仗，為了異鄉人的自由和人類的文明，他們投身於這場震撼世界良心的戰爭，和西班牙人民一起抵抗法西斯。最終，五分之一的國際志願者長眠在西班牙的土地上，他們純真的慷慨、他們豪放的捨身，給人類樹立了精神高峰，為在現世中沮喪的人們帶來生活的勇氣和信心，如同國際志願者一樣，無懼於任何挑戰。

2025 年 7 月 24 日

（作者為《當世界年輕的時候：
參加西班牙內戰的中國人（1936 — 1939）》著者）

為了人類的希望而反抗[*]
——大陸版序

吉狄馬加

今年是世界反法西斯戰爭勝利七十周年,同時也是中國人民抗日戰爭勝利七十周年。撫今追昔,誰能忘記七十年前的這場戰爭,給全人類帶來的巨大災難和犧牲呢?當然,答案只能有一個,那就是絕對不能忘記這段慘痛的歷史!同時還應該要以此為鑒,警醒當今的人類用最大的努力,去預防和制止世界性戰爭的再次爆發。尤其是在今天,區域性的戰爭從未停止過,每一天都有許多無辜的生命被殺害,無數手無寸鐵的平民,往往成為戰爭機器的殺戮對象,更令人痛心疾首的是,一系列反人類的屠殺,大都被貫以「正義」、「干預」或者「聖戰」的名義,這些針對平民和弱者的所謂戰爭,雖然其範圍並不波及整個世界,有的甚至就在一個很小的範圍內,但其殘酷程度卻不亞於從前,犯下的罪行更是不可饒恕,特別是針對婦女和兒童的傷害,即使是倖存者,也很難從極度恐懼的陰影中走出來。在非洲出現過的幾次大的種族屠殺事件,現在想起來還讓人不寒而慄,難怪有詩人和哲學家認為,人類是這個地球上最大的罪惡來源。是的,正因為此,我們今天才會堅決地反對戰爭,才會在紀念世界反法西斯戰爭勝利七十周年這樣一個特殊的時

---

[*] 本文為本書大陸版《西班牙在心中——反法西斯詩選》(北京:作家出版社,2015年)原序文。

刻,來編輯出版這樣一本意義非凡的反法西斯詩選,並以此來告訴人類和世界,我們永遠不應該忘記昨天的歷史和教訓。

在這裡需要說明的是,其實也不用我去過多地贅述,因為這段歷史許多人都清楚,1936年爆發的西班牙內戰,實際上是第二次世界大戰中世界反法西斯戰場的一部分,而絕不是個別歷史學家想篡改的那樣,僅僅把它看作是西班牙的一場內戰。其實對這一場影響世界的反法西斯戰爭,國際社會和國際史學界早有定評。今天回望歷史,最讓我們激動的是,二十世紀許多偉大的作家和詩人,都積極參與了這場保衛和聲援西班牙共和國的戰爭,這也是世界戰爭史上的一個奇蹟,我沒有做過詳細統計,但可以肯定地說,這個數字在世界戰爭史上是空前的,當然我更希望它是絕後的,因為我們不願意看到再有一次世界性的戰爭爆發。假若這次戰爭真的爆發或許會將人類徹底地毀滅,這絕不是危言聳聽,人類手中現存的核武器,據說可以把地球上所有的生命存在毀掉幾十次。還有一件值得記憶的事情,1937年在巴黎召開的專門聲援西班牙共和國的「第二屆國際作家保衛文化大會」,在今天看來,這次會議也是一次世界性的文化事件,許多世界性的著名作家和詩人都參加了這次會議。個別與會者雖然當時還不具有國際性的影響,但後來也都成為了世界性的文學家,諸如墨西哥詩人,1990年諾貝爾文學獎獲得者奧克塔維奧・帕斯(Octavio Paz),就是當時最年輕的與會者。這次會議結束後,不少作家和詩人就奔赴了西班牙反法西斯戰爭的前線。這場戰爭無疑不僅激發了他們的政治熱情,還激發了他們猶如火山爆發般的詩情。今天我們編選的智利詩人巴勃羅・聶魯達、秘魯詩人塞薩爾・巴略霍(César Vallejo)、古巴詩人尼古拉斯・紀廉(Nicolás Guillén)、西班牙詩人拉斐爾・阿爾貝蒂(Rafael Alberti)和米格爾・埃爾南德斯(Miguel Hernandez)五位詩人的作品,就是在那樣一個特殊的背景下寫下的。我相信,如果今天的閱讀者沒有偏見,如果今天有良知的詩歌史家還認為面對法西斯主義的暴行,詩人不能選擇躲避和沉默,只去寫那種象牙之塔裡唯美的詩,那麼這些作品永久的生命意義和經典意義就不容置疑。如果我

為了人類的希望而反抗──大陸版序

們只知道巴勃羅・聶魯達寫過《二十首情詩和一支絕望的歌》、《馬丘比丘高峰》，只知道塞薩爾・巴略霍寫過《黑色使者》、《特里爾塞》，只知道尼古拉斯・紀廉寫過《松的旋律》、《愛情的詩》，只知道阿爾貝蒂寫過《陸地上的水手》、《關於天使》，只知道米格爾・埃爾南德斯寫過《不停的閃電》、《致拉蒙・希赫的輓歌》，那麼我們對這些詩人整體的詩歌貢獻，在認識上就一定會出現極大的偏差，甚至會在某種思潮錯誤的主導下，對他們的人格和作品產生荒謬的錯判和誤讀。實際上，這並不是我們不能客觀地看待這些已經成為歷史的詩人，在當前的世界詩歌研究史上，究竟如何評價這些詩人的成就，包括他們不同時期的作品，研究者和閱讀者已經產生過許多不同的觀點和議論，對其中有的詩人甚至產生了截然不同的意見和評價，這當然是一件非常正常的事。但是這一切，都不能改變一個事實，那就是這些作品，都是這些詩人生命和創作中永遠不可分割的部分。對詩人的評價，在外界從來就有不同的標準，這也不足為怪。二十世紀偉大的俄語詩人之一約瑟夫・布羅茨基（Joseph Brodsky），在《怎樣閱讀一本書》中向西班牙讀者推薦的詩人只是馬查多（Antonio Machado）、加西亞・洛爾卡（Federico García Lorca）、塞爾努達（Luis Cernuda Bidón）、阿爾貝蒂、希門內斯（Juan Ramón Jiménez）和帕斯，但卻沒有巴勃羅・聶魯達和塞薩爾・巴略霍，這個排名對這些偉大的詩人重要嗎？我認為這並不重要，雖然約瑟夫・布羅茨基是一位名揚世界的詩人，但這個名單也只是他作為詩人的個人選擇。同樣，二十世紀偉大的小說家馬奎斯（Gabriel José García Márquez）又認為，巴勃羅・聶魯達是二十世紀西班牙語中最偉大的詩人，或許同樣也是二十世紀所有語言中最偉大的詩人，認為他是真正詩歌的邁達斯王（King Midas），當然這也是他的一家之言。而對塞薩爾・巴略霍的評價，也從早期的影響有限，到如今被稱為拉丁美洲先鋒派詩歌的鼻祖和大師，其詩歌聲譽日隆，直到今天還在不斷高漲。美國詩人布萊（Robert Bly）甚至評價他為二十世紀拉丁美洲第一詩人，當然這同樣也只是布萊作為詩人的個人看法。我寫以上文字，其實

人民的風席捲著我：聶魯達等國際詩人反法西斯詩選

從根本上是想說明一個問題，我們必須客觀、公正、毫無偏見地去認識和評價歷史，當然也包括歷史中呈現出的形形色色的各種人物，但人類認識事物的角度卻永遠是不同的，這就需要我們用更公允的心態去看待這一切。讀完這本由著名翻譯家趙振江翻譯的詩選，如果要讓我選擇站隊的話，我會毫不猶豫地站在這五位詩人同時也是反法西斯戰士的一邊，因為首先是他們，在法西斯主義橫行世界的時候，堅定地選擇站在人民和正義一邊，毫無疑問，他們都是那個時代人類面對苦難、飢餓、殺戮和死亡的見證者，同樣他們也是站在人類精神和道德制高點上大寫的人。正因為此，我們沒有理由不向他們脫帽致敬！最後，請允許我借用《西班牙在心中》（巴勃羅・聶魯達）的幾句詩來結束我的序言：

> 你們會問我：為什麼你的詩歌
> 不對我們將你祖國的土地、樹葉
> 和雄偉的火山訴說？
>
> 請你們來看看鮮血在街上流淌，
> 來看看
> 鮮血在街上流淌，
> 看看鮮血
> 在街上流淌！

2015 年 6 月 3 日
（作者為詩人，中國作家協會詩歌委員會主任、
原副主席、書記處書記）

還原歷史、震撼良心的偉大詩篇
—— 出版者的話

　　歷史是有重量的，但孰輕孰重，應該是由人民來掂量，而不是由執政者說了算。在台灣，有些歷史被推上神壇，有些歷史則被打入冷宮，好當歷史教師的執政者，依著自己的意識形態面貌，解構又重構歷史，與其說是一種虛無主義，不如說是一種精神錯亂，錯亂到顛覆自我的地步，卻因此掀起了一波又一波政治上的集體狂歡。

　　在同一天的時間，上午紀念二戰歐戰勝利，下午前往緬懷八田與一。如此弔詭矜奇的行徑，恰恰是如此錯亂的寫照和縮影。今年是抗戰勝利八十周年，也是世界反法西斯戰爭勝利八十周年，更是台灣光復八十周年。「三個八十年」在台灣被遺忘，被忽視，取而代之的是「團結必勝、侵略必敗」的政治敘事。在「脫中入北」的幻想中，站了了西方價值共同體的立場，為了實現自身的抗中欲念，不惜斷章取義、曲直倒置，為政治利益量身打造一套破綻百出的歷史論述，透過政權機器滲透到社會的每個孔隙之中。

　　「抹煞歷史」（Erasing History）的做法，並非台灣所獨有，而是西方價值共同體在今天面對世界變局的普遍現象。親歷阿根廷右翼軍政府「骯髒戰爭」（Dirty War）國家恐怖主義的歷史學家費德里科・芬切斯坦（Federico Finchelstein），在其2020年的著作《法西斯謊言簡史》（*A Brief History of Fascist Lies*）中，強調了當代民粹主義的崛起，從思想內在聯繫來看，其實就是法西斯主義在戰後適應民主制度，所延續下來的新篇章。而其最大的特徵即對歷史發起戰爭，用絕對正確的領袖神話來毀滅歷史，川普主義便是最大的體現。

當德國在台協會以維護歷史真相的尊嚴為由，要求不能將納粹罪行與台灣的政治形勢相提並論；當藍綠要員們，與以色列、德國等代表一同紀念「國際猶太大屠殺」⋯⋯這些荒謬的劇碼，帶著鱷魚的眼淚，無不以「民主」做為一面遮羞布，完全無視眼前正在發生的加薩種族滅絕，烽火遍地，以及台灣內部被政治人物利用民族分裂悲劇操縱出來的仇恨動員，乃至宛若納粹親衛隊（SS）般的青鳥黑熊橫行，對社會內部進行「非我族類」的獵巫清洗。更別說，排外與右翼思潮在美國歐洲成為政治主導力量。一切的罪惡與罪行，只要以「民主」之名，便能合理化、正當化。

　　不久之前，美國專研法西斯主義的權威學者傑森・史丹利（Jason Stanley），決定離開美國轉赴加拿大任教，原因是他認為美國如今的政治氛圍，恐將走向「法西斯獨裁政權」。這是何等的諷刺！自詡為「民主燈塔」的台灣呢？著名台灣史學家戴國煇在 1980 年代，對於當時黨外正在醞釀的「台灣民族優秀論」提出警告：「這一種氣氛和順耳的高調或許能得勢於一時，但搞不好，處理不妥很可能會變成『台灣式法西斯主義』的『鬼胎』。如此的話，它將引起的災禍將是無窮。」陳菊的已故閨密蘇慶黎，早在 1993 年也有類似的擔心：「台獨法西斯」將是未來台灣最大的隱憂。他們當年的洞見竟成了預言，既令人感到悲哀，又對此惴惴不安。戰後台灣形成對美國的附庸扈從體系，演變至今，法西斯幽靈的共同復活，成了「台美友好，堅若磐石」的真諦。

　　曾獲普立茲新聞獎的美國戰地記者克里斯・赫吉斯（Chris Hedges）形容，美國等西方國家主導的世界，未來將進入一個「新黑暗時代」（The New Dark Age）──肆無忌憚的野蠻統治，被民主、正義和人權的空洞承諾所掩蓋，暴力的語言正在發出可怕的咆哮。赫吉斯沒說出來的，還包括了正義與邪惡的定義、界線被刻意混淆，二戰的歷史當然也被重寫。人們抵抗與戰鬥的對象已然模糊，人類曾有的崇高精神與理想，在今日被棄如敝屣，甚至被當成了天方夜譚。

還原歷史、震撼良心的偉大詩篇——出版者的話

　　回到「團結必勝、侵略必敗」這句政治宣傳，當人們為此熱血沸騰時，更應該追問的是，二戰歷史的「團結」與「侵略」究竟意指為何？1936年至1939年爆發的西班牙內戰，看似與台灣距離遙遠又毫不相干，卻可以清楚完整地回答這個問題。佛朗哥將軍對西班牙共和國發動的法西斯政變，得到的希特勒與墨索里尼的大力支援，美、英、法等「自由陣營」則選擇了默許與縱容，西班牙人民承受著轟炸與砲襲。

　　這場內戰震撼了世界的良心，來自各地的志願者加入了國際縱隊，在蘇聯教官的指導下，拿起武器與西班牙人民在戰壕裡「不許法西斯通過」。在台灣耳熟能詳的作家、詩人和藝術家們，包括海明威、聶魯達、卡繆（Albert Camus）、歐威爾（George Orwell）、畢卡索（Pablo Picasso）等人，有的投入戰爭，有的用創作聲援和記錄，還有白求恩等醫師，以及包含中國人在內的許許多多沒沒無聞的「純粹的人」，紛紛投入「保衛馬德里」的行列之中。內戰的結果，成為二戰歐洲戰場爆發的起點；國際志願軍雖然失敗了，但反抗法西斯的胸懷依然熾熱，一批人轉赴中國抗日戰場，共同抵抗日本軍國主義的侵略。

　　帶著人道主義與社會主義信仰的國際戰士，不分國籍、膚色、種族、語言，在法西斯政權的軍事擴張面前，真真正正地團結互助了起來，這是人性最樸實真摯的展現，也是人類史上無比光輝燦爛的偉大篇章。本書五位詩人的作品，透過詩歌的文學形式，在當時見證了歷史，在當下還原了歷史。他們共同譜寫的詩篇，讓正義與良善復歸到人們心中本該存在的位置上。

　　《法西斯謊言簡史》作者在書中寫下了這麼一段意味深長的結語：「抵制反自由主義和新法西斯主義抬頭的衝動，不僅是以投票和示威遊行的方式，更重要的是捍衛歷史。」這段話說明了原鄉人文化工作室，何以要在此時此刻出版本書的初衷。我們認為，唯有讓被顛倒的歷史再顛倒過來，才能撥開政治的迷霧，看清現實的是非，以及未來的方向。

　　更重要的是，如同卡繆所提醒的，「我反抗，故我們存在」。在這個讓人沮喪、挫折、絕望的時局，或許大聲地朗誦「人民

的風席捲著我」，正是我們微不足道卻又氣勢磅礴的反抗。從世界史和人類史的視野，看透政客的惡質之餘，也找到我們存在的意義。

　　本書得以付梓，必須感謝相當多師長朋友的相助。在呂正惠老師的引薦下，透過中國作協居間聯繫，北京大學趙振江老師二話不說授權在台灣出版，並尊重我們一切在地化的調整（本書提到的人名與地名，除台灣慣用的譯名外，均按照大陸原版的譯法）。倪慧如老師惠賜的序文，為本書詩篇的靈魂，增添了頂天立地的骨架。七位令人敬仰的名家正氣推薦，更讓這本詩選發光發熱。

　　謹以本書紀念抗日戰爭暨世界反法西斯戰爭勝利八十周年、台灣光復八十周年。誰說兩岸之間只有對抗？歷史蘊藏了兩岸曾經共有的精神與價值，靜靜地等待人們放下偏見，重新求索和尋找回來。

張鈞凱
2025 年 7 月 24 日

西班牙在心中

巴勃羅・聶魯達

《西班牙在心中》（又譯作《西班牙在我心中》）是1936年7月18日西班牙內戰爆發不久，詩人的好友加西亞・洛爾卡被法西斯分子槍殺，聶魯達開始創作的組詩，1937年11月13日在智利由埃爾西亞出版社出版。後被收入《第三居所》。譯者根據1977年5月巴塞羅那塞伊克斯・巴拉爾版《第三居所》譯出。

祈求

為了開始,為了在被割裂的
純潔的玫瑰上,在蒼天、空氣
和土地的根源上,一支歌的意志、
一支無限的歌和一種金屬的願望
伴隨爆炸的轟響,梳理戰爭
和赤裸的血漿。
西班牙,酒杯的水晶,
並非王冠,但的確是被砸的岩石,燃燒的小麥、
皮革和牲畜遭受到攻擊的柔情。

詛咒

轟炸

明天,今天,你的足跡

留下寂靜,留下希望的驚恐

猶如更猛烈的風:一道光,一輪月,

被磨損的月,從手到手,

從鐘到鐘!

生身的母親,

變得堅硬的燕麥的拳頭,

英雄們

乾涸、淌血的星球!

是誰?在路上,誰,誰,誰?

在陰影裡,在血泊中,誰?

在閃光裡,誰?

投下灰燼,投下

鋼鐵、石塊、

火焰、哭泣、死亡,

誰,誰,娘啊,去何方?

被掠過的祖國,我發誓你一定會在灰燼中

誕生，像長流水的花兒一樣，
我發誓從你乾渴的口中，
一定會有麵包的花瓣綻放，
有剛抽出的穀穗流淌。那些壞傢伙們，
壞傢伙們，帶著斧頭和毒蛇
來到你的土地，壞傢伙們等候這一天，
為強盜和摩爾人打開家門：
你們得到了什麼？請帶來，帶來燈盞
請看這血糊糊的土地，請看這被火焰
吞噬的黑色的屍骨，
請看這被槍殺的西班牙的面目。

西班牙
因富人而貧困

一天,那些不看事實的壞傢伙們,
那些有眼無珠的壞傢伙們,
身穿骯髒制服的壞傢伙們,渾身
皺皺巴巴的教士們和墳墓
與洞穴中的癩皮狗們,提前帶給
莊嚴祖國的不是麵包而是淚水。

貧困對於西班牙
猶如冒煙的馬,
猶如從倒楣的源泉
落下的石塊,
沒有開發的莊稼地、
藍灰色秘密的酒窖、
卵巢、門戶、關閉的拱門,
想獻出寶藏的深處,這一切
都有頭戴三角帽手握獵槍的憲警、
可悲的雌鼠色的神父、

臀部肥厚的國王的走卒們在看護。
艱苦的西班牙,蘋果和松樹的國度,
遊手好閒的主子們在禁止你:
不許播種,不許開礦,
不許給母牛配種,要像墳墓
一樣安詳,每年要去拜謁
水手哥倫布的紀念碑,和來自美洲的
獼猴們一起聲嘶力竭地演講,
你們的「社會地位」和腐敗程度一樣。
你們不建學校,不讓地表和犁鏵擦出聲響,
不讓豐收的小麥儲滿糧倉:祈禱吧,畜生們,
祈禱吧,一位上帝,他的臀部和國王的臀部
一樣肥厚,他在等候你們:「兄弟們,來這裡喝湯。」

傳統

在西班牙的夜晚,沿著古老的花園
傳統拖著尾巴,沾滿乾枯的鼻涕,
滴著膿液,散發臭氣,漫步在
在虛無縹緲的迷霧中,
氣喘吁吁,寬大的袍服鮮血淋漓,
臉上深陷的眼窩,
像啃食墳墓的綠色蛞蝓,
每天夜裡,沒牙的嘴
咬著未抽出的穀穗、深藏的礦石,
頭戴刺薊的綠色王冠,在所到之處
播種匕首和死者模糊的屍骨。

馬德里（1936）

馬德里孤單凝重，七月用你貧瘠蜂巢的快樂，
令你吃驚：你的街道光明，
光明是你的夢境。
將軍們
黑色的飽嗝，教士服
波濤洶湧
從你的雙膝之間
沖進水的泥塘、痰的河中。

馬德里，用受傷的眼睛，睡意矇矓，
你剛剛受傷，用石塊和獵槍
保衛了自己。你在街上奔跑
留下神聖的血跡，
用大洋的聲音，用永遠
被血光變換的面容，將人們呼喚和聚攏，
像一座復仇的山峰，
像一顆匕首呼嘯的星。

當你燃燒的劍
插入黑暗的兵營，插入叛變的密室，
只有黎明的寂靜，只有旗幟的步伐
和一滴光榮的血，裝點你的笑容。

人民的風席捲著我：聶魯達等國際詩人反法西斯詩選

我作幾點說明

你們會問：丁香花今在何處？
還有那虞美人蘊涵的玄機？
經常敲打她們的話語
並使其充滿小洞
和小鳥的雨水，如今又在哪裡？

我要向你們講一講自己的遭遇。

我原本生活在馬德里
一個有教堂、有鐘、
有樹木的街區。

從那裡可以眺望
卡斯蒂利亞乾燥的面龐
宛似一片皮革的海洋。

　　我的家
有鮮花之家的美譽，
天竺葵遍地盛開：那是一個

美麗的家,到處都有小狗
與孩子們在嬉戲。

　　勞爾[1],你可記得?
拉斐爾[2],你可記得?
　　還有你,費德里科[3]?
你在地下
可記得我那帶陽台的房舍
六月的陽光窒息著你口中的花朵?

　　兄弟啊,兄弟!
那時節,到處是
沸騰的人聲,商品的味道,
熱騰騰的麵包的堆放,
我那阿圭耶斯[4]街區的市場,那裡有一尊雕像
宛若鱈魚中間蒼白的墨水瓶一樣:
油倒入一把把湯匙,
手與腳
深沉的跳動充滿著大街小巷,
尺寸,容量,

---

[1] 指阿根廷詩人勞爾・岡薩雷斯・圖尼翁(1905 — 1975)。
[2] 指西班牙詩人拉斐爾・阿爾貝蒂(1902 — 1999)。
[3] 指西班牙詩人費德里科・加西亞・洛爾卡(1898 — 1936)。
[4] 馬德里郊外的一個區。

生活多麼喜人的芳香,
　　　成堆的鮮魚
連接著的屋頂沐浴著寒冷的陽光,
風標上的箭已經疲憊,
馬鈴薯令人著迷的象牙般的細膩,
番茄延伸至海岸旁。

一天早上,這一切都被點燃,
一天早上,烈火
冒出地面,
從那時起,大火
吞食了人群,
從那時起,只有炸藥硝煙,
從那時起,只有血流迷漫。

帶著飛機和摩爾人的強盜們,
戴著戒指並攜著公爵夫人的強盜們,
帶著滿口祝福的黑衣教士的強盜們
從天而降來殺害兒童,
孩子們的血流淌在大街上,
大街上,孩子們的血在流淌。

連豺狼都會排斥的豺狼!
連蒺藜都會唾棄的石頭!

連毒蛇都會憎恨的毒蛇！

將軍們
叛徒們：
請看我死去的家，
請看破碎的西班牙：
然而從每一個死去的家
都會長出燃燒的武器，而不是鮮花，
從西班牙的每一個洞裡
都會長出西班牙，
從每一個死去的孩子的身上
都會長出一支有眼睛的步槍，
每一樁罪行都會生出子彈
遲早有一天會射中你們的心房。

你們會問我：為什麼你的詩歌
不對我們將你祖國的土地、樹葉
和雄偉的火山訴說？

請你們看看鮮血在街上流淌，
來看看
鮮血在街上流淌，
看看鮮血
在街上流淌！

人民的風席捲著我：聶魯達等國際詩人反法西斯詩選

獻給陣亡民兵母親們的歌

他們沒死！
他們像燃燒的導火索
在火藥中屹立！

他們純潔的身影
凝聚在黃銅色的草原上
就像帶裝甲的風的護簾，
像憤怒顏色的圍牆，
像天空無形的胸膛。

母親們！他們屹立在麥田，
像深邃的正午一樣高大，
俯視著遼闊的平原！
他們是黑色的鐘聲
掠過被殺害的鋼鐵身軀
將勝利的喜訊頻傳。
　　　　姐妹們
宛若落下的灰塵，

破碎的心,

要對你們的死者滿懷信任。

他們不僅

是血染的岩石下的根,

不僅他們被摧毀的可憐的骨骼

還在大地上耕耘,

而是他們的口也還咬著乾燥的炸藥

還像鋼鐵的海洋攻擊敵人,

他們高舉的拳頭還在對抗死神。

因為一個無形的生命

從那麼多軀體上站起。母親,旗幟,孩子們!

一個真正的生命的活的軀體:

一張眼睛被打破的臉,監視著黑暗

用充滿了大地希望的劍!

請放下

你們黑色的披肩,

讓你們的淚水化作武器:

讓我們在這裡日夜不停地進攻,

日夜不停地跺腳,

日夜不停地唾罵,

直至仇恨之門統統倒下!

我認識你們的兒子,

你們的不幸,我不會忘掉,

我為他們的死驕傲,
同樣為他們的生自豪。

他們的笑聲

在無聲的車間裡閃光,
他們的腳步在地鐵裡
日夜回響在我的身旁,
在萊萬特[1]的橙園,在南方的漁場,
伴隨印刷廠的墨香,在建築物的水泥上
我看到他們堅強的心放射火紅的光芒。

母親們,像在你們心中一樣,
我心中有多少喪服和死亡
就像被扼殺了他們的笑容的血
浸濕的森林一樣,
不眠的憤怒的陰霾帶著
日間斷腸的孤獨闖入我的心房。

但是
被悲痛和死亡煎熬的母親們,
對那些飢渴的鬣狗,對那奄奄一息的畜牲,

---

[1] 萊萬特在西班牙東部沿海,屬瓦倫西亞行政區,當年是西班牙反法西斯戰爭前線。

它們從非洲就叫囂自己齷齪的榮譽,
不僅要對它們憤怒、蔑視,不僅要哭泣,
更要看看在這崇高的日子誕生的心靈,
要知道你們的死者在大地上微笑
在麥田上將拳頭高高舉起。

人民的風席捲著我：聶魯達等國際詩人反法西斯詩選

西班牙當時的狀況

西班牙，緊張而又枯乾，
是日間聲音沉悶的鼓，
平原和鷹巢，受鞭撻的風雲
沉寂無言。

為什麼，我愛你直至靈魂，直至哭泣，
我愛你堅硬的土地，貧瘠的麵包，
貧窮的人民，為什麼直至
我存在的深邃的地方，
都有迷失的花朵，開在你
布滿皺紋、時間停滯的村莊，
你遼闊的礦山
漫延在月亮和年齡上
被虛無的神吞光。

你所有的結構，你愚蠢的孤立
和你的睿智在一起
寂靜抽象的石塊圍繞在這睿智的周邊，
還有你粗獷的葡萄酒，

西班牙在心中／轟魯達

柔和的葡萄酒,
繁茂而又嬌嫩的葡萄園。

陽光、純潔的石頭在世界
各地區之間,唯一、充滿活力、
昏睡而又嘹亮的西班牙,布滿
鮮血和金屬,藍色、勝利的無產者
屬於鮮花和槍彈。(以下從略)[1]
……

---

[1] 從略的部分全是由人名、地名組成的,只好從略。(譯者)

人民的風席捲著我：聶魯達等國際詩人反法西斯詩選

國際縱隊來到馬德里 [1]

早晨，一個寒冷的月份，
掙扎的月份，被泥濘和硝煙污染的月份，
沒有膝蓋的月份，被不幸和圍困折磨的悲傷的月份，
人們透過我家濕漉漉的玻璃窗
聽得見非洲的豺狼用步槍和血淋淋的牙齒嗥叫，
我們除了火藥的夢境，沒有別的希望，
以為世上只有貪婪、暴戾的魔王，
這時候，衝破馬德里寒冷月份的霜凍，
在黎明的朦朧中
我用這雙眼睛，用這顆善於洞察的心靈
看到赤誠、剛毅的戰士們來了
他們岩石般的縱隊
機智，堅強，成熟，熱情。

---

[1] 1936—1939年西班牙內戰時期，五十四個國家的工人和進步人士為支援西班牙共和國和人民組成志願軍國際縱隊，共七支，三萬五千人，於1936年10月抵西班牙參戰。1938年9月，被迫撤出西班牙。白求恩等人則轉赴中國反法西斯戰場。

那是悲傷的時刻,婦女們正忍受著
像可怕的歹徒一樣的別離,
西班牙的死神比其他地方的死神更加粗暴、兇殘,
布滿長著麥苗的農田。

在街上人們受傷的血
和從住宅被毀壞的心臟裡流出來的水匯合在一起:
孩子們被折斷的骨頭,母親們
披著喪服,令人心碎的沉默不語,
手無寸鐵的人們再也睜不開的眼睛,
這就是損失和悲傷,
就是被玷污的花園,
就是永遠被扼殺的鮮花和信仰。

同志們,
這時
我看到你們,
我的眼睛至今仍充滿自豪
因為我看見你們冒著清晨的冰霜
來到卡斯蒂亞純粹的戰場,
像黎明前的鐘聲一樣
肅穆、堅強,
你們莊嚴隆重,蔚藍的眸子來自遠方,
來自你們的角落,來自你們失去的祖國,

來自你們的夢鄉，
滿懷燃燒的柔情，肩扛著步槍，
來保衛西班牙的城市
這裡遭圍困的自由正被野獸吞噬
會倒下和死亡。

弟兄們，從現在起
讓男女老幼，盡人皆知
你們莊嚴的歷史、你們的純真、你們的堅毅，
下至硫磺氣體腐蝕的礦井，
上至奴隸非人的階梯，
讓它傳到所有絕望人們的心底，
讓所有的星星，卡斯蒂利亞
和世界上所有的穀穗
都銘記你們的名字、你們嚴酷的鬥爭
和像紅橡樹一樣堅實、偉大的勝利。
因為你們用自己的犧牲
復活了大地的信任、死去的靈魂、喪失的信仰，
一條無窮無盡的河流，帶著鋼鐵和希望的鴿群，
沿著你們的富饒、你們的高尚、你們戰友的遺體
猶如沿著鮮血染紅的堅硬岩石的山谷流淌。

哈拉馬河戰役[1]

在大地和西班牙的死者們
與讓油橄欖窒息的銀白色之間，
哈拉馬河，純潔的匕首，你頂住了
肆虐者的狂瀾。

心靈被火藥鍍成金色的人們
從馬德里來到此地
像灰燼和抵抗的麵包，
來到了這裡。

哈拉馬河，在硝煙和鋼鐵中間
像倒下的水晶的樹樁，
又像對勝利者的獎賞
長長的一串勳章。

---

[1] 哈拉馬（Jarama）又譯作雅拉瑪，有一首歌頌國際縱隊的歌曲寫道：「西班牙有個山谷叫雅拉瑪，人們都在懷念她，多少個同志倒在山下，雅拉瑪開遍鮮花。國際縱隊留在雅拉瑪，保衛自由的西班牙，他們宣誓要死守在山下，雅拉瑪開遍鮮花。」

無論燃燒造成的地裂
還是飛機的濫炸狂轟
以及驚天動地的大砲都不能
使你的水順從。

嗜血者們喝了你的水,
喝時嘴巴朝上:
西班牙的水,油橄欖的家鄉
叫他們只剩下遺忘。

摩爾人和叛徒的血管
在時光和水的瞬間
像苦澀泉水裡的魚,
在你的閃光裡打顫。

你的人民的粗獷的麵粉
因槍彈和屍骨而布滿荊棘,
肥沃麥田的人民,就像
你捍衛的崇高的土地。

哈拉馬河,為了訴說
你管轄的光輝的地域,
我的手蒼白,我的口無語:
你的死者長眠在那裡。

那裡有你痛苦的藍天,
你岩石的和平,你水流的波光閃閃,
你的人民永遠明亮的眼睛
警戒著你的河岸。

阿美利亞[1]

給主教的一盤菜,破碎而又苦澀,
盤裡有廢鐵、骨灰和淚水,
浸著抽泣和頹垣斷壁,
給主教的一盤菜,盛滿
阿美利亞的血。

給銀行家的一盤菜,盤裡
有幸福的南方的孩子們的顴骨,
有爆炸、瘋狂、廢墟和恐怖,
有斷裂的車軸和被踐踏的頭顱,
一盤黑色的菜,一盤阿美利亞的血。

每天早晨,你們生活中每個污濁的早晨
你們的餐桌上有一盤煙燻火燎的菜:
你們用自己柔軟的手把它挪遠,
為了不看它,不消化那麼多遍:

---

[1] 阿美利亞,西班牙南方(安達魯西亞行政區)地中海沿岸城市,商業和旅遊中心,主教轄區。同名省份農漁業發達,有銀、鉛礦。

把它挪遠一點,在麵包和葡萄之間,
這盛著寂靜的血的盤子
每天早晨都在那裡,每天。

給上校夫婦的一盤菜,
在衛戍區每一次節日宴會上,
在葡萄酒和晨曦中,伴著詛咒、唾罵的叫嚷,
為了使你們看見它就渾身顫抖、冰涼。

是的,給你們大家的一盤菜,各地的富人們,
大使們、部長們、貪婪的食客們,
舒舒服服地坐著品茶的太太們:
一個破盤子,骯髒的盤子,將窮人的血盛滿,
每天早晨,每個星期,永遠永遠,
讓你們眼前,總有一盤阿美利亞的血,永遠。

被凌辱的土地

沉浸在無休無止的煎熬，
沒完沒了的沉寂，蜜蜂的韻律
和被摧毀的岩石，這些地區
本該遍地是小麥和三葉草，可你們
卻帶來乾巴巴的血和罪惡的痕跡：
富饒的加利西亞，像雨水一樣純潔，
卻永遠浸泡在淚水的苦澀裡；
埃斯特雷馬杜拉銀灰色的天際，
黑得像彈坑，被叛賣、傷害、摧毀，
巴達霍斯失去了記憶，在死去的兒女中
仰望著記憶中的天空；
被死神犁過的馬拉加
在懸崖峭壁間被迫害
以致發了瘋的母親們
將剛出生的嬰兒往岩石上摔。

狂怒，報喪的飛行，
死亡和悲憤，
直至眼淚和哀悼交融，

話語、昏厥和怒火
變為路上的一堆屍骨
一塊岩石被埋在灰塵中。

有多少,多少墳塋,
多少煎熬,多少
野獸在星星上的馳騁!
就連勝利也不能
抹平那血泊中的彈坑:
不能,就連大海、沙灘
和時間的流動、墳上
燃燒的天竺葵也不能,
不能!

人民的風席捲著我：聶魯達等國際詩人反法西斯詩選

桑胡爾霍[1]在地獄

被捆，冒煙，
被捆在背叛的飛機上，
叛徒因背叛而焚毀身亡。

他的臟腑和軍人邪惡的嘴巴
像磷火一樣自燃
叛徒在詛咒聲中化為灰煙，

冒著永恆的烈焰飛行，
只能任飛機操縱，被燒死
在一次又一次的背叛中。

---

[1] 桑胡爾霍（1872 — 1936），西班牙職業軍人，因在古巴和摩洛哥作戰有功而擢升為將軍，1932年背叛共和國，1936年從葡萄牙里斯本回西班牙途中，死於飛機失事。

莫拉[1] 在地獄

莫拉,那頭渾騾子從懸崖峭壁
被拖到永恆的懸崖峭壁上
像失事的船隻顛簸在驚濤駭浪,

被硫磺和號角紛擾,
在石灰、膽汁和欺詐中煎熬,
提前在地獄等候,

該死的雜種,渾騾子莫拉
徹頭徹尾的愚蠢幼稚
一直被燒到屁股和尾巴。

---

[1] 莫拉(1887 — 1937),西班牙軍人,出生在古巴的混血兒,因在非洲作戰有功而晉升為將軍。1936 年在納瓦拉任叛軍司令,與佛朗哥合作。1937 年死於飛機失事。

人民的風席捲著我：聶魯達等國際詩人反法西斯詩選

佛朗哥將軍在地獄

膽小鬼，無論火爆女巫們巢穴中的火
或滾熱的醋，也無論貪婪的冰
還是腐爛的烏龜用女鬼的聲音
在你的肚子上嚎哭抓刨
將結婚戒指與無頭小孩的玩具找尋，
這一切，對你而言，不過是一扇昏暗、平常的門。

的確。
從地獄到地獄，有什麼？在你的軍團的嚎叫裡，
在西班牙的母親們神聖的乳汁中，
在沿途被踐踏的乳汁和乳房上，
還有一個村莊，一片寂靜，一座破碎的門廊。

你就在這裡。悲慘的眼瞼，
墳墓上可惡母雞的糞便，骯髒的濃痰，
鮮血抹不去的縮寫的背叛。你是誰，是誰？
啊，不幸的可悲的葉子，啊，大地上的惡犬，
陰影不該降生的慘澹。

不留灰燼的火焰在後退,
地獄鹹鹹的渴望,一個個痛苦的圓圈
變得一片黯然。

可惡的傢伙,只有人性在和你周旋,
在萬物絕對的火中,你不會耗完,
在時間的階梯上,你不會轉向,
熔化的玻璃與殘酷的浪花都無法將你洞穿。

為了匯合在一起的所有的眼淚,
為了一個死亡的手和腐爛的眼睛的永恆,
你獨自,獨自在你地獄的洞穴中,
吞食膿與血的寂靜,
僅僅為了一個令人詛咒的永恆。
你不配有睡眠
哪怕用別針別住你的眼瞼:
將軍,你必須醒著,永遠醒著,
在秋天遭機槍掃射
剛剛分娩的婦女腐爛的屍體中間,
所有的婦女,所有可憐的被肢解的兒童,
僵硬地吊在你的地獄裡,等著
那寒冷的節日:你下地獄的那一天。
被爆炸燻黑的兒童,

腦漿的紅色碎塊，柔軟的腸子，都在等，
以同一個姿勢在等著你，或穿過街道，或踢球，
或啃水果，或微笑或出生。

微笑。
被鮮血扭曲的笑容
有著七零八落的牙齒
戴著不知用何物製成的面具，
被持久的火藥炸破的臉龐，
無名的幽靈，暗藏的陰影，
從不離開瓦礫床鋪的兒童
都在等著你。為了度過黑夜
大家都在等你。他們擠滿了走廊，
像腐爛的海藻一樣。

他們屬於我們，
我們的肌體，我們的健康，
我們鐵一樣的和平，
我們空氣與肺的海洋。
通過他們，乾涸的土地本應鮮花綻放。
現在，他們都在你的地獄裡等著你，
因為在大地的那一邊，
精華、物質、麵粉
在遭受摧殘、屠戮、死亡。

可怕的恐懼或悲傷會耗盡，
等候你的既不是恐懼也不是悲傷。
你惡貫滿盈而且孤獨，
在所有的死者中，你孤獨並無法進入夢鄉，
讓鮮血像雨水般落在你的身上，
讓一條被剜出的眼睛的掙扎的河流
在你身上掠過並盯著你
無休止地流淌。

廢墟上的歌

這裡曾被創造和統治,
被淋濕、使用和參觀,
可憐的手帕,在大地的波浪
和黑色的硫磺中長眠。
如同向天
挺立的蓓蕾和胸膛,如同從殘廢的骨骼
向上的花朵,世界的形式
就這樣出現。啊,階梯,
啊,立柱,啊,眼瞼。
啊,深刻的物質
混雜而又純潔:多久才能成為手錶!
多久才能成為時鐘!
具有藍色比例的鋁,貼在
人類夢想上的水泥!
灰塵在會集,
樹膠、污泥、各種物品在增長
而牆壁像人的黑色皮膚似的葡萄藤
一樣矗立。
那裡,是空白,是廢銅,

是火,是拋棄,是紙張的增長,
惱人的哭泣,當有人發燒
半夜裡拿到藥房的處方,
乾枯、思考的太陽穴,人
為了永不打開而建的門。
一切都已逝去
突如其來的凋敝。
受傷的器皿,夜晚的
布匹,骯髒的泡沫,剛撒的尿,
面頰,玻璃,羊毛,
樟腦,線團和皮革,應有盡有,
為了輪轉而化作灰塵、
化作金屬凌亂夢想的一切,
一切芬芳,一切迷惑,
一切化作虛無的團聚,一切
為了永不出生的跌倒。

你們是天藍色,
麵粉色腰部的鴿群:花粉
和枝條的時代,請看
木材如何毀滅直至成為哀悼的標誌:
沒有人的根:一切幾乎都沒有
在雨水的顫抖上休息。
請看六弦琴

如何在芳香新娘的口上腐爛：
請看有諸多創造的言語
現在如何銷聲匿跡：請看在石灰
和破碎的大理石中間
哭泣的痕跡已經長了苔蘚。

人民武裝的勝利

如同大地的記憶,金屬
岩石般的光輝和沉寂,人民、
祖國和燕麥,這是你的勝利。

你被洞穿的旗幟在前進
如同你的胸膛
在傷痕累累的時間和大地上。

人民的風席捲著我：聶魯達等國際詩人反法西斯詩選

同業公會在前線

礦工們在哪裡，編繩的、
製鞋的、撒網的人們在哪裡？
在哪裡？

他們在高高的水泥的建築物上
放聲地賭咒、發誓、歌唱，
這歌聲現在何方？

那些自願的、夜班的
鐵路員工在哪裡？
食品供應的公會在哪裡？

他們手握步槍，手握步槍。
在平原褐色的搏動中
將一片片廢墟觀望。

他們的子彈射向
頑敵，猶如射向豪豬，
射向毒蛇一樣。

無論是灰燼淒慘的黎明，
還是燃燒的中午，
日夜不停，絕不放鬆！

人民的風席捲著我：聶魯達等國際詩人反法西斯詩選

勝利

人民的勝利莊嚴雄壯。
偉大的勝利步履鏗鏘
盲目的馬鈴薯和天空的葡萄
在大地上閃光。

戰後即景

被咬過的空間，踩躪
莊稼的部隊，斷裂的馬蹄鐵，
在冰霜和石頭中凍結，
一輪崢嶸的彎月。

燃燒過的、受傷母馬的月亮，
裹在磨損的芒刺中，兇光畢露，
沉沒的金屬或屍骨，消逝，苦澀的抹布，
掘墓人的雲霧。

在硝石帶著光暈的酸味後面，
從水到水，從物到物，
被焚燒和吃掉，像小麥脫粒
一樣迅速。

軟綿綿的地殼偶爾得見，
黑色的灰燼散盡難尋，
現在只剩下響亮的寒冷，雨水
何等的惱人。

讓我的雙膝將它保護,將它埋葬,
不僅是這逃亡的領土,讓我的眼瞼
將它抓緊,直至將它呼喚和弄傷,
讓我的血液保存這陰暗的滋味
為了永不遺忘。

反坦克手

古典螺鈿的枝幹,大海
和天空的光環,月桂的風,
反坦克手,這一切都為了你們,
聖櫟樹般的英雄。
在戰爭漆黑夜色的風口上
你們是火的天使,令敵人恐慌,
你們是大地純潔的兒郎。

你們在那裡,像農作物
播種在田野,悄悄地等候。
你們不僅是把那蒼白的炸藥包
而是把你們深沉火熱的心房、
把火藥藍色的毀滅性的引信
拋向那鋼鐵的颶風,
拋向那魔鬼的胸膛。
啊,藍天下機敏的身影,
奮起撲向
殘酷的山岡,大地和榮光
赤裸的兒郎。

從前你們只見過

橄欖樹，只見過沾滿

銀色鱗片的漁網：你們收集

工具、木材、收割

和建築用的鐵器：雙手

種出繁茂美麗的石榴

或營養豐富的菜蔬，如今你們

突然到此，滿載著閃電，

緊握著榮光，爆發出

憤怒的力量，獨自面對黑暗

無比的堅強。

自由之神在礦山將你們召喚，

為你們的犁鏵要求和平：

自由之神，哭泣著

站在路上，在庭院的走廊中

吶喊：她的呼聲隨風穿過橘園

將成年的男人們召喚，

你們來了，勝利的寵兒們，

多少次倒下，多少次，你們的手

被炸飛，最深的軟骨被粉碎，

你們的口說不出話，

連你們的沉默都被摧毀：

但又一次，又一批反坦克手，

你們的根和心靈

那深不可測的燃燒著的種族,

像石破天驚,又出現在旋風中。

馬德里,1937

此時此刻,我想起一切和所有的人,
深深地沉浸在
那些地區——聲音和筆——
輕輕地敲擊,它們在地球以外
卻又在地球之上。今天
又開始了一個冬季。
在那座城市裡
有我的所愛,現在已沒有麵包
和光明:一塊冰冷的玻璃
落在乾枯的天竺葵上。榴彈砲
炸開夜間黑色的夢想,像淌血的耕牛一樣:
拂曉的工事裡空無一人,
只有一輛破車:已經長了苔蘚,
被焚毀的房屋,血已流盡,家徒四壁,
門開向天空,燕子已無蹤影
只有時代的寂靜:市場開始擺出可憐的綠色,
還有柑橘和魚,
每天通過流血來到這裡
交到姐妹和孀婦的手上。

悲痛的城市，破損、創傷、
毀壞、打擊、千瘡百孔、遍地
是血跡和破碎的玻璃，沒有夜晚，全是夜晚、
寂靜、轟鳴和英雄，
現在又是更赤裸、更孤單的冬季，
沒有麵粉，沒有腳步的聲響，只有
和士兵相伴的月亮。
我想起一切和所有的人。
暗淡的太陽，
我們失去的血，恐懼、震顫的心在哭泣。
眼淚像沉重的子彈落在你昏暗的土地，
發出鴿子墜落的聲響，死神
永遠握緊的手掌，每天、每夜、每周、
每月的血。不談你們，沉睡
和清醒的英雄們，不談用卓越的意志
使大地江河顫抖的你們，
此時此刻，我傾聽街上的時間，
有人在和我說話，冬天又來到
我居住的飯店，
我聽到的只有城市
和被毒蛇泡沫似的戰火
團團圍住、被地獄的洪水
襲擊的遠處。
那是在一年多以前

人民的風席捲著我：聶魯達等國際詩人反法西斯詩選

那些戴面具的人觸及你人性的岸
碰到你帶電的血便紛紛喪命：
摩爾人的口袋，叛徒的口袋，
紛紛滾到你岩石般的腳下：無論是硝煙還是死神
都無法征服你燃燒的城牆。
那時，
那時，有什麼？有，那是些喪盡天良的人們，
貪得無厭的人們：潔白的城市，他們窺伺著你，
面目可疑的主教，酸腐、封建的少爺們，
手裡有三十枚銀幣[1]叮噹作響的將軍們：
一群雨水似的假正經的女人，
一幫腐爛的大使，
一夥可悲的軍犬在向你的城牆發起攻擊。

讚美你，在雲端，用光線，
用乾杯，用寶劍，
淌血的前額，鮮血染紅的岩石，
堅強甜蜜的滑行，
武裝的閃電上明亮的搖籃，
堅固的城堡，血的天空
蜜蜂從那裡誕生。
今天還活著的你，胡安，

---

[1] 據《聖經・新約》，耶穌的門徒猶大為了三十枚銀幣出賣了耶穌。

佩德羅，今天你還在察看，憧憬，睡眠，用餐：

今夜沒有燈光，目不轉睛地警戒，

在水泥工事裡，在被切割的土地上，孤孤單單，

從悲哀的鐵絲網，到南方，在周圍，在中間，

沒有神秘，沒有蒼天，

像一條生命線一樣的人群捍衛著

被火焰包圍的城市：馬德里，星際的打擊、

火的洗禮，使她無比堅強：

大地和堅守沐浴著勝利高高的寂靜：

無數的桂花環繞身旁，

像一朵殘破的玫瑰在綻放。

人民的風席捲著我：聶魯達等國際詩人反法西斯詩選

陽光頌歌
獻給人民軍隊

人民的武裝！在這裡！威脅、圍困
摻雜著死亡，惡劣的蛇蠍，
籠罩在大地上！
致敬，致敬，
全世界的母親向你致敬，
學校向你致敬，人民的軍隊啊，
年長的木工們向你致敬，用麥穗、
牛奶、馬鈴薯、桂花、檸檬，
用大地長出的和人類口中的一切
向你致敬。
一切，
像人手構成的項鍊，
像閃電的矜持，像腰帶在顫動，
一切為你準備，一切向你集中！
鋼鐵的日子，
藍色的防線！
兄弟們，向前，

在耕耘的土地上向前，
在乾燥、無眠、亢奮、磨損的夜晚向前，
在葡萄園之間，踏著岩石寒冷的顏色向前，
致敬，致敬，繼續向前。比冬天的聲音更鋒利，
比霹靂的頂端更穩固，比眼瞼更敏感，
像快捷的鑽石那樣精確，新的戰神，
如同地心的鋼水一樣，
如同鮮花和葡萄酒，如同噴薄欲出的岩漿，
如同所有綠葉的根，如同大地上所有的芳香。
致敬，士兵們，致敬，紅色的拓荒，
致敬，頑強的三葉草，致敬，沐浴著
閃電之光的村莊，致敬，致敬，致敬，
向前，向前，向前，向前，
越過墓地，越過礦山，面對叛徒毛骨悚然的恐懼，
面對死神令人憎惡的貪婪，
人民，說到做到的人民，步槍加勇敢，
步槍加勇敢，向前。
攝影師，礦工，鐵路員工，
煤礦和採石場的弟兄，鐵錘的親友，
森林，快樂射擊的節日，向前，
游擊隊員，首長，班長，政委，
人民的飛行員，夜襲的戰士，
海軍戰士，向前：
你們面前，只有一條垂死的鎖鏈，

一個臭魚的彈坑,向前!

只有掙扎的屍體,

只有膿血淋漓的沼澤,

所向披靡;西班牙,向前,

向前,人民的鐘聲,

向前,蘋果的產地,

向前,穀物的旗幟,

向前,火的大寫字母,

因為在鬥爭中,在波濤間,在草原,

在高山,在硝煙彌漫的黃昏,

你們帶來了永恆的新生,

帶來生生不息的意念。

與此同時,

為了最後的勝利,

寂靜中長出根和花冠:

每個工具,每個紅色的車輪,

每把鋸或每張犁,

地面的每個萌芽,血的每一次抖動

都願跟隨你——人民軍隊的步伐:

你給被遺忘的窮苦人帶來光明,

你的永恆之星將燦爛的光芒釘進死神

並點亮希望新的眼睛。

西班牙,請拿開這杯苦酒

塞薩爾・巴略霍

人民的風席捲著我：聶魯達等國際詩人反法西斯詩選

一 獻給共和國志願軍[1] 的歌

西班牙的志願軍，錚錚
硬骨的民兵，當你的心去赴死，
當它懷著世界的悲憤去殺敵，
我真不知該做什麼，待在哪裡；
我奔跑，寫作，鼓掌，哭泣，
觀察，拆毀，熄滅，讓心跳停止，
讓好事降臨，我想作踐自己；
暴露自己無個性的前額
直至碰到血的酒杯，停住腳步，
建築師那些著名的廢墟
將我的軀體攔阻，
尊敬我的動物以那些建築物為榮；
我的本能流回它們的繩索，
歡樂在我的墓前冒著煙霧，
我又一次不知所措，一無所有，
從空白的石頭上放開我，
讓我獨自一人，

---

[1] 這裡指的是國際縱隊的戰士。

手腳並用的四足動物,靠近一點,太遠了,
當我的雙手容不下你漫長的陶醉的時刻,
我要在你雙刃的速度上
將自己披著偉大外衣的渺小撞破!

晴朗、專注、豐饒的一天,
啊,兩年,乞求漆黑學期的兩年,
火藥啃咬肘部的兩年[2]!
啊,堅硬的痛苦和更堅硬的火石!
啊,嚼子被人民咬住!
有一天人民點燃了被禁的火柴,憤怒地演講
並全力以赴,四處遊巡,
用選舉之手封住了他的出生[3];
暴君拖著鐵鎖
而鐵鎖上,是他們殺人的細菌……

戰鬥?不!激情!痛苦
引發的帶著希望的柵欄的激情,
充滿人民的痛苦和人類希望的激情!
死亡與和平的激情,人民的激情!
橄欖林內戰爭的死亡與激情,我們要弄懂!

---

[2] 指右翼勢力開始實行殘酷鎮壓的「黑色的兩年」,即 1934、1935 年。巴略霍詩中提到的義大利人、蘇聯人是後來才到達的,該詩應作於 1937 年。
[3] 指人民陣線在 1936 年選舉中獲得的勝利。

那時風會將大氣的鋒芒變成你的呼吸，
墳墓會將鑰匙變成你的胸膛，
昂起你的額頭向著犧牲的第一力量。

世界在叫喊：「那是西班牙人的事情！」
的確。讓我們想一想，仔細地衡量，
想想卡爾德隆[4]，睡在死去的兩棲動物的尾巴上
或賽凡提斯，他說：「我的王國屬於這個世界
但也屬於另一個世界」：尖與刃在兩個角色上！
讓我們看看哥雅[5]，他跪在鏡子面前祈禱，
看看勇士科爾[6]，在其笛卡爾式的攻擊中，
平和的腳步有著雲的汗水，
或看看克維多[7]，隨時都會開火的老祖宗，
或者是卡哈爾[8]，被小小的無限所吞噬，
或者還有特萊莎[9]，一位女性，死去，因為她永生[10]
或者是利娜‧奧德娜[11]，在不止一點上與特萊莎抗爭……

---

[4] 卡爾德隆（1600—1681），西班牙古典戲劇家。
[5] 哥雅（1746—1828），西班牙著名畫家。
[6] 安東尼奧‧科爾，海員，保衛馬德里的英雄。他獨自衝出戰壕，用手榴彈炸毀德國人和義大利人的坦克。
[7] 克維多（1580—1645）是西班牙黃金世紀詩人。
[8] 聖地亞哥‧拉蒙‧伊‧卡哈爾（1852—1934），西班牙生物學家，1906年獲諾貝爾醫學獎。
[9] 特萊莎（1515—1582），西班牙神秘主義女詩人。
[10] 特萊莎有類似於「死去，因為永生」的詩句。
[11] 利娜‧奧德娜是西班牙反法西斯戰爭中犧牲的女英雄。

（天才的行為或聲音總是來之於民
並去之於民，無論從正面還是通過不停的點點滴滴
或用不走運的痛苦暗語的紅色煙霧傳遞。）
民兵啊，你的孩子，你貧血的孩子，
就這樣被一塊靜止的石頭搖動，
犧牲，躲開，
向上減弱並沿著不能燃燒的火焰上升，
上升至弱者
將西班牙分發給公牛，
將公牛向鴿子分送……

為世界而死的無產者，你的偉大，你的貧困，
你掀起的漩渦，你有條不紊的暴力，你理論與實踐的混亂，
你但丁式的西班牙人的愛的情趣，儘管是愛敵人，是背叛，
這一切都會在世界瘋狂的和諧中煙消雲散！
戴著鐐銬的解放者，
沒有他的努力，空間至今仍無把柄，
釘子還將是無頭地遊動，
日子，古老，緩慢，發紅，
我們可愛的頭骨，沒有墳塋！
為了人類而倒下去的帶著綠葉的農民，
帶著你小拇指的社會扭曲，
帶著你留下的耕牛，帶著你的物理學，
還要帶上你捆在木棍上的話語

和你租來的天空，

帶上你嵌入疲勞的黏土

和那在你的指甲縫裡行走的污泥！

農用、民用

和軍用的建設者們，

積極和螞蟻般勤勞的永恆：已經寫上

你們將締造光明，

對死神眯縫著眼睛；

當你們的嘴巴殘酷地倒下時

七個托盤將會帶來豐盛，

世上的一切一下子都變成金子

而金子，

你們自己分泌的血的神奇的乞丐，

那時金子將是金子製成！

所有的人都將互相友愛，

都將拉著你們悲傷的手帕角兒吃飯

並以你們

倒楣的喉嚨的名義飲酒！

他們將步行休息在這條路旁，

一邊想著你們的眼眶一邊哭泣，

他們將是幸運的，伴隨你們殘酷的、

茂盛的、先天的歸來，

明天他們將調整工作和夢中歌唱的形象！

同一些鞋子將適用於無需途徑
便能上升到自己身軀的人
也適用於下降到自己靈魂形體的人[12]！
人們將打成一片，啞巴將會說話，癱子將會行走！
歸來時盲人們已能看清，
聾子們在跳躍著聆聽！
無知者有了智慧，而智者將變得無知！
不曾有過的親吻也將變成現實！
只有死神將死去！螞蟻
將運來麵包屑，獻給大象，它被鎖在
粗野的溫順上；流產的嬰兒
將重新完美、從容地誕生，
所有人都將勞動，
所有人都將繁育，
所有人都將心知肚明！

工人，我們的救星，我們的救世主，
兄弟，請原諒我們欠下的債務！
正如擂鼓時，鼓在它的格言中所說：
你的脊背決不會那麼短命！
你的形象總是變幻無窮！

---

[12] 這樣的人當指耶穌。在巴略霍的詩句中，可見《聖經》的影子，下面的詩句中所說的都是以賽亞先知的預言。

義大利的志願者,在其戰鬥的野獸中
一頭衣索比亞的獅子在瘸著腿行動[13]!
蘇聯的志願者,你的具有宇宙胸懷的尖兵!

南方、北方、東方的志願者,
還有你,西方的志願者,在封閉黎明葬禮的歌聲!
熟悉的士兵,他的名字行進在擁抱的聲音中!
大地培育的戰士,用征塵武裝自己,
你的鞋子是正的引力,
有效的個人信仰,
不同的性格,親切的規矩,
鄰近的皮膚,
肩膀上行走的語言,
靈魂戴著卵石的王冠!

被你寒冷、溫和
或炎熱的地區束縛著的志願者,
四面八方的英雄,
戰勝者隊伍中的犧牲者:
生命的志願者,在西班牙,在馬德里,
號召人們去拚命!

---

[13] 當時義大利法西斯正在侵略衣索比亞。

因為有人在西班牙殺人，還有的
在殺害兒童，殺他們停下來的玩具，
殺光輝的母親羅森達，
殺年邁的亞當，他在和自己的馬說話，
並殺死那條狗，它睡在台階上。
他們殺戮圖書，向書上的助動詞，
向毫無還手之力的第一頁開槍！
他們屠殺逼真的雕像，
殺掉智者，他的同事，他的手杖，
還有旁邊的理髮師——可能為我理過髮，
他可是個好人，後來也遭了禍殃；
殺了那個乞丐，昨天他還在對面歌唱，
殺了那個女護士，今天她哭著走過，
殺了那個神甫，背負著他雙膝執著的高尚……

志願者們，
為了生命，為了善良的人群，
請你們殺掉死神，殺掉惡人！
為了所有人的自由，
無論他是被剝削者還是剝削者，
為了無有痛苦的和平——當我在
隊列下邊睡覺尤其在四周
呼喊時，便覺得可能——
請這樣幹，我要說，

為了我正在給他寫信的文盲，
為了赤腳的天才和他的羊羔，
為了倒下去的同志們，
他們的骨灰在將路上的屍體擁抱！

西班牙和世界的志願者們，
為了你們的到來，
我夢見自己是好人，
是為了看你們的血，志願者們……
因此便有了許多心願，許多渴望，
許多駱駝在祈禱的時光。
今天幸福，燃燒著，行進在你們一方，
睫毛內的爬蟲們親切地跟隨著你們，
相距兩步，一步，
沿著燃燒前去看終點的水流的方向。

二　戰鬥

埃斯特雷馬杜拉人[1]，

我在你腳下聽到了狼的煙塵[2]，

物種的煙塵，

兒童的煙塵，

兩棵小麥的孤獨的煙塵，

日內瓦的煙塵，羅馬的煙塵，柏林的煙塵，

還有巴黎的煙塵，你痛苦隨從的煙塵

和終於脫離了未來的煙塵。

啊，生命！啊，土地！啊，西班牙！

血的盎司，

血的公尺，血的液體，

騎馬的、步行的、牆壁的、沒有直徑的血，

從四到四的血，水的血

以及活血的死血！

---

[1] 埃斯特雷馬杜拉，西班牙西南部地區，內戰期間，受到法西斯僱傭的摩爾軍隊的蹂躪。
[2] 在巴略霍的詩作中，煙霧、塵土、火、血、鉛等意象是戰爭的象徵。

埃斯特雷馬杜拉人，啊，你還不是那樣的人
由於他，生命將你殺死而死神使你再生
而他如此孤單地留下只為看你，如何
從這條狼起，繼續在我們的胸膛上耕種！
埃斯特雷馬杜拉人，你在人民的
和觸覺的這兩種聲音上，
了解穀物的秘密：一條偉大的根
在另一條的危難裡，這比什麼都更有意義！
挽著手臂的埃斯特雷馬杜拉人，
代表撤退中的魂靈，
挽著手臂觀察
死亡中容納著生命！

埃斯特雷馬杜拉人，沒有土地
能承受你耕犁的重量，
除了你在兩個時代之間的軛的顏色
也沒有別的世界；
沒有你身後留下的牲畜的序列！
埃斯特雷馬杜拉人，你讓我
從這隻狼看見了你在忍受，
為了大家而戰鬥，
為了使每個人都成為人，
為了使先生們都成為人，
為了使全世界成為一個人，

甚至為了使動物成為人，
馬成為人，
爬蟲成為人，
兀鷲，成為一個誠實的人，
蒼蠅、橄欖樹成為人，
就連陡坡也成為人，
天空本身也是一個小小的人！

後來，又從塔拉貝拉[3]撤退，
一組一組，武裝著飢餓，一群一群，
從胸膛武裝到前額，
沒有飛機，沒有戰爭，沒有怨恨，
背負著失敗
而勝利在鉛的下面，
榮譽受到了致命的傷害，
煙塵的瘋子們，手腳並用，
被迫地去愛，
用西班牙語贏得全部土地，
繼續撤退，不知
將他們的西班牙在何處安放，
不知將他們的世界之吻藏在哪裡，
將他們的袖珍橄欖樹種在何方！

---

[3] 塔拉貝拉是托雷多省的城鎮，1936 年 6 月 5 日被法西斯分子攻克，並由此發動對馬德里的進攻。

但是從這裡,以後,

從這塊土地的觀點出發,

從惡魔的利益流淌著的痛苦

可以看出格爾尼卡[4]的偉大戰鬥。

超前的戰爭,空前未有,

和平中的戰爭,弱小的靈魂

反對弱小身軀的戰爭,兒童

進行的戰爭,但無人告訴他要進行,

在他殘忍的二重母音下,

在他最適應的尿布下,

母親用她的叫喊、用眼淚的背面進行,

病人用他的疾病、藥片和兒子進行,

老人用他的白髮、歲月、木杖進行,

祭司和他的上帝一起進行!

格爾尼卡的保衛者,默不作聲!

啊,弱小者!

啊,溫和的被侮辱者

你們使自己升高、成長並使世界

到處是強大的弱者的身影!

---

[4] 格爾尼卡是巴斯克地區比斯開省的城鎮,1937 年 4 月 26 日慘遭法西斯轟炸。畢卡索曾作畫表示抗議。

在馬德里，在畢爾包，在桑坦德[5]，
墓地遭到了轟炸，
而不朽的死者們，
警覺的骨骼和永恆的肩膀，墳墓中
不朽的死者們，他們感到、看到、聽到
罪惡是如此卑鄙、可恥的入侵者死有餘辜，
於是又開始了無休止的悲傷，
他們剛剛擦過淚痕，
他們剛剛受過艱辛，
他們剛剛生活過，
總之，他們剛剛成為人！

炸藥，突然，什麼也不是，
徵兆與標記交織在一起，
離爆炸經過時有一步的距離，
到四蹄騰空，另一步，
到啟示錄的天，又一步，
到七種金屬，則是樸實、
公正、集體、永恆的統一。

---

[5] 畢爾包於 1937 年 6 月 19 日被法西斯占領；桑坦德於同年 8 月 26 日被占領；對馬德里的進攻始於 1936 年 11 月 29 日。馬德里保衛戰持續了兩年多。

馬拉加[6]，沒有父母，

沒有石子，沒有鍋灶，連白色的狗也沒有！

不設防的馬拉加，我的死亡在那裡誕生

我的誕生死於激情！

馬拉加跟著你的腳步行進，沒有轉移，

在罪惡下，在怯懦下，在歷史無法形容的凹槽下，

你將蛋黃拿在手裡：有機的土地！

而蛋清卻留在髮梢：一片混亂！

馬拉加在逃跑，

一家一家的，從父親到父親，從兒子到兒子，

沿著逃離海洋的海岸，

穿越逃離鉛的金屬，

緊貼著逃離的地面，

啊！服從命令，

它們來自喜愛你的深處！

馬拉加斷斷續續地，帶著不祥的預兆，強盜般地，

地獄般地，天堂般地，

成群結隊地行走在強烈的葡萄酒上，

一個一個地走在愚蠢的泡沫上，

走在靜止而又更加愚蠢的颶風上，

踏著四個愛戀的眼眶

和兩根相互殘殺的肋骨的節奏！

---

[6] 馬拉加是安達魯西亞南方的港口城市，於1937年2月8日被法西斯軍隊占領。

我的微弱血液

和我那遙遠色彩的馬拉加,

生活依然帶著鼓聲追尋著你赤色的光榮,

帶著禮花追尋著你永恆的兒童,

帶著寂靜追尋你最後的鼓聲,

用一無所有,追尋你的魂靈,

用更加一無所有,追尋你天才的前胸!

馬拉加,不要帶著你的名字而去!

倘若你要走,

便整個地走,

向著你,全部中無限的全部,

與你固定的面積一致,我在那裡發瘋,

帶著你肥沃的腳底和它上面的窟窿

以及你捆在生病的鐮刀上的古老的刀片,

你繫在錘子上的木杆!

不折不扣的馬拉加人的馬拉加,

逃向埃及,既然你被釘在那裡,

將你的舞蹈在真正的苦難中

延續,讓天空的體積在你身上消融,

你在喪失自己的水罐,自己的歌聲,

逃吧,帶著你外部的西班牙和你天生的蒼穹!

馬拉加由於自身的權利

並處在生物的花園裡,便更是馬拉加!

馬拉加,要走正路,

對追逐你的狼要注意
而對等候你的狼崽要警惕!
馬拉加,我在哭!
馬拉加,我在哭泣啊,哭泣!

三 佩德羅・羅哈斯[1]

他常用粗大的手指在空中寫道：
「同志們萬歲！佩德羅・羅哈斯」，
米蘭達・德・埃布羅[2]人，男子漢和父親，
男子漢和丈夫，男子漢和鐵路工人，
是父親更是男子漢，佩德羅和他的兩個死神。

風的紙，他們殺害了他：去！
肉的筆，他們殺害了他：去！
趕快通知全體同志！

掛著他的木牌的樁子，
他們殺害了他；
殺死在他粗大的手指下！
他們殺害了佩德羅，也殺害了羅哈斯！

---

[1] 有證據表明，激發巴略霍創作這首詩的是內戰開始時，他看到在一具屍體的衣袋裡的紙片上寫著「同志們萬歲！佩德羅・羅哈斯」。
[2] 米蘭達・德・埃布羅是布爾戈斯省的城鎮，是鐵路樞紐。

同志們萬歲
寫在他的天空的頭部！
把萬歲中的"v"寫成禿鷲中的"b"[3]，
在佩德羅・羅哈斯這位英雄和烈士的肺腑！

搜查他的遺體時，他們大吃一驚
他的身體內還有一個偉大的身體，
為了全世界的魂靈，
還有一把死去的湯匙，在他的衣袋中。

佩德羅也時常在他的親人中
吃飯，刷桌子，整理衛生，
甜蜜地生活
代表著所有的人，
那把湯匙，無論他是睡是醒，
總在他衣袋中，
死去而又活著的湯匙，它和它的象徵。
趕快通知全體同志！
同志們萬歲！旁邊總有這把湯匙的身影！

他們殺害了他，把死亡
強加在佩德羅、強加在羅哈斯、

---

[3] 西班牙語中，萬歲是"viva"，禿鷲是"buitre"，而他把萬歲寫成"viba"。

強加在工人和所有人身上,
強加給那個出生時很小的兒童,他看著天空,
後來長大了,變成了紅色,
用他的細胞、用他的「不」、用他的「還要」、
用他的飢餓、他的碎塊進行鬥爭。

他們溫柔地將他殺害了,
當他的妻子胡安娜・巴斯克斯的頭髮,
在大火燃起、槍彈橫飛的時候
當他已在一切的附近行走。

佩德羅・羅哈斯,這樣,在死後
又站起來,親吻自己淌血的靈柩,
為西班牙痛哭
並用那手指在空中書寫:
「同志們萬歲!佩德羅・羅哈斯」。
他的遺體充滿世界。

四

乞丐們為西班牙戰鬥,
在巴黎、羅馬、布拉格行乞
因此獲得簽證,用哥德人討要的手,
用聖徒們的腳,在倫敦、紐約、墨西哥城。

乞丐們爭先恐後,拚命
為桑坦德乞求上帝,
搏鬥中已無失敗者。
他們獻身於古老的苦難,
在個人腳下
拚命為社會的鉛哭泣,
呻吟著發動攻擊,乞丐們,
作為乞丐,是他們唯一殺人的武器。

步兵的祈求,
向上天祈求金屬的武器,
祈求憤怒,超越狂暴的火藥。
沉默的騎兵在射擊

用致命的節奏,他們的忍耐,

來自一道門檻,來自他們自己,哎!他們自己!

潛在的武士,

當他們給雷聲穿襪子,沒有襪子,

恰似魔王,帶著號碼,

拖著他們力量的憑證,

腰間的麵包渣,

步槍的兩個口徑:鮮血和鮮血。

詩人向武裝起來的苦難致敬!

人民的風席捲著我：聶魯達等國際詩人反法西斯詩選

五 死神的西班牙形象[1]

她在經過！叫住她！這是她的肋部！
死神正經過伊倫[2]：
她手風琴的步履，她的下流話語，
我曾告訴過你的──她的編織物的尺寸，
我不曾說的那重量有多少克……如果是它們！

請你們叫住她！快！她在來福槍中找我，
她清楚我會在哪裡將她戰勝，
什麼是我巨大的智慧，完美的法律，可怕的規則。
叫她！她走路就像一個漢子在野獸中間，
她依靠那條臂膀，與我們的腳相連
當我們在掩體裡入睡
她就停在夢中有彈性的門旁邊。
她叫喊！叫喊！發出天生感覺的叫喊！

---

[1] 這個標題使人聯想到黃金世紀詩人萊奧納多・德・阿根索拉的詩句：「死神的可怕的形象」。在西班牙語中，「可怕的」（espantosa）與「西班牙的」（española）有些諧音。

[2] 伊倫（Irún）、特魯埃爾（Truel）和馬德里（Madrid）是巴略霍詩中涉及的三次戰役。

或許因羞愧而叫喊,因為她看見自己
如何跌倒在植物中間,如何遠離
野獸,聽見我們在說:這就是死神!
她損害我們最大的利益!

(同志,因為她的肝臟在分泌我對你說過的液體;
因為鄰居的靈魂被她吞進肚裡。)

請你們叫住她!跟隨她
直到敵人坦克的旁邊,
死神是一個被強制的存在,
她的開始與結束
都銘刻在我充滿幻想的腦海中,
儘管她裝得好像不理睬我,
儘管她要冒很多常常發生的
你知道的險情。

叫住她!殘暴的死神並非生靈,
而幾乎是一樁簡短的事情;
不如說她的方式在射擊,當她發動進攻,
以簡單混亂的方式,沒有軌道也沒有幸福的歌聲;
不如說她放肆的時間在射擊,射向不精確的分幣
及其無聲的珍寶,射向暴君的掌聲。
請你們叫住她,用狂怒、用形象叫住她,

幫助拖她的三個膝蓋,
就像有時,
有時,它們使人痛苦,刺痛謎一般的全部的碎片,
就像,有時,我觸摸自己卻又沒有感覺。

請你們叫住她!快!她在將我尋覓,
帶著道德的顱骨,帶著白蘭地,
帶著手風琴的步履,帶著她下流的話語。
叫住她!不能失去我哭泣她的線索。
同志,我的灰塵啊,在她的氣息的上面!
上尉,我的夾板啊,在她濃汁的上面!
我的墳墓啊,在她的引力的下面!

六 畢爾包失陷後的送別 [1]

兄弟，受傷，陣亡，
共和國、赤誠的生靈，行走在你的王位上，
自從你的脊柱馳名地倒下；
他們走著，面色蒼白，在你一歲一歲消瘦的年齡，
勤奮地走著，痴迷於迎面吹來的風。

雙重痛苦中的戰士，
坐下來傾聽，躺在你意想不到的木棍下，
緊貼在你的王位旁；
轉過身；
床單多麼新奇；
他們在行進，他們在行進呀，兄弟。

人們說：「怎麼會！在哪裡！……」
表現為鴿子的碎塊，
孩子們沒有哭泣，登上你的灰塵。
埃爾內斯托・蘇尼加，睡吧，將你的手放鬆，

---

[1] 畢爾包於 1937 年 6 月 19 日失陷。

將你的理念放鬆，
你的和平在休息，你的戰爭在和平。

生命受到致命的傷害，同志，
騎手同志，
人與獸之間的馬匹同志，
你高尚的骨頭和憂傷的圖畫
構成了西班牙宏偉的場面，
戴著精緻、襤褸的桂冠！

因此，埃爾內斯托，請坐，
請聽，自從你的腳踝有了白髮，
這裡人們在你的王位上行走。
什麼王位？
你右腳的鞋！你的鞋[2]！

---

[2] 據說人在死後，會抓住自己的一隻鞋。

七

夥伴們,幾天來,天空,
多日來,風改變著天空,
地域,改變著鋒刃,
共和國的步槍,改變著水平。
幾天來西班牙屬於西班牙。

幾天來邪惡
在回避,將自己的眼眶調動,
使自己的眼睛癱瘓並將它們傾聽。
幾天來用赤裸的汗水祈禱,
人類牽掛著民兵。
同志們,幾天來,世界,
世界至死屬於西班牙。

幾天來這裡已沒有射擊
身體在其精神的角色上死去
夥伴們,魂靈已是我們的魂靈。
幾天來,天空,
這白晝的天空,巨大的蹄子的天空。

幾天來，希洪[1]；

多日來，希洪；

長時間，希洪；

許多土地，希洪；

許多人，希洪；

還有許多神，希洪，

許許多多的西班牙，哎！希洪。

同志們，

幾天來，風改變著天空。

---

[1] 希洪於 1937 年 10 月 12 日陷落，詩人暗指整個北方都已被佛朗哥軍隊占領。

八

這裡，
拉蒙‧科亞爾[1]，
你的家依然以繩索相連，
連綿不斷，
當你，去那裡參觀馬德里的七把劍，
在馬德里前線。

拉蒙‧科亞爾，用牛耕田的農民
與士兵，直至成了岳父的女婿，
丈夫，古老「人子」[2]鄰居的兒子！
痛苦的拉蒙，你，勇敢的科亞爾
馬德里的英雄好漢；拉蒙小子，
這裡，
你的親人們非常關注你頭髮的梳理！

他們流淚時，痛快，渴望！

---

[1] 見《獻給共和國志願軍的歌》中的註釋。
[2] 指耶穌。

擂鼓響時,行進;
耕地時,在你的牛面前言講!

拉蒙!科亞爾!如果你受傷,
表現要好,不要屈服;不要莽撞!
這裡,
你殘酷的能力在小小的盒子裡;
這裡,
隨時間推移,你深色的褲子,
會獨自行走,會結束自己;
這裡,
拉蒙,你的岳父,那個老者,
每次遇到自己的女兒,都見不到你!

我將告訴你,他們在此吃了你的肉,
卻不知道,
吃了你的胸,不知道,
還有你的腳;
但是大家都在將你充滿塵土的腳步思考!

人們祈禱了上帝,
這裡;
他們坐在你的床上,在你的孤獨與瑣事之間
大聲交談;

我不知誰拿了你的犁，不知誰取代了你，
也不知誰從你的馬那裡返回原地！

這裡，拉蒙・科亞爾，總之，你的朋友！
向你致敬，上帝之人，寫作並殺敵！

1937 年 9 月 10 日

九 獻給共和國英雄的小安魂曲

一本書留在他死亡的腰邊，
一本書在從他的屍體裡復活。
他們帶走了英雄，
他肉體的不幸的嘴進入我們的呼吸；
我們都在出汗，背負著肚臍；
行走的月亮將我們追趕；
死者也在傷心地出汗。

在托雷多[1]戰役中的一本書，一本書，
後面一本書，上面一本書，從屍體裡復活。

深紫色顴骨的詩歌，說他
與不說兩可，
道德書簡中的詩歌或許陪伴著
他的心靈。
書留下了，不過如此，因為墳墓裡沒有昆蟲，

---

[1] 托雷多於 1937 年 9 月 27 日被法西斯攻占。

風留在他袖子的邊緣,弄濕自己
並化作氣體,無邊無際。

我們都在出汗,背負著肚臍,
死者也在傷心地出汗
而一本書,我難過地看見了它,
一本書,上面一本書,後面一本書,
一本書從屍體裡復活,突然間。

1937 年 9 月 10 日

十 特魯埃爾戰役[1]的冬天

水從沖洗過的左輪手槍落下！
這正是
水的金屬的優雅，
傍晚在亞拉岡，
然而卻有製作出的野草，
燃燒著的菜蔬，工業的建築。

這正是，
化學平靜的分支，
一根毛髮中爆炸的分支，
頻繁與再見中汽車的分支。

人這樣回答，死亡也這樣
回答，這樣從側面傾聽，從正面觀望，
水這樣，與血相反，是水，
火這樣，與灰燼相反，將它的反芻動物磨光。

---

[1] 特魯埃爾是亞拉岡地區特魯埃爾省的首府，戰役於 1937 年 12 月 15 日開始，該城於 1938 年 2 月 22 日被法西斯占領。

誰在雪下面行走?他們在殺人?不。
恰恰是,
生命在搖著尾巴,用它的第二條繩索。

戰爭多麼可怕!它在煽動,
它使人變長,並多孔;
戰爭製造墳墓,使人倒下,
使人像類人猿一樣奇怪地跳動!

夥伴啊,你完全聞到了它,
當你因為不注意
在屍體中踩著了自己的手臂;
你沒看見它,因為你碰到了自己的睪丸,滿臉通紅;
你聽到了它,在你野生士兵的口中!

夥伴啊,我們走,
你那警惕的影子在等候我們,
你那營地中的影子在等候我們,
中午的司令,夜晚的列兵……
因此,當我講述這痛苦的掙扎,
我遠離自己,並用力喊道:
打倒我的屍體!……而我在哭泣。

十一

我看了那具屍體,它那看得見的急速的秩序
和它那靈魂的緩慢的無序;
我看見了他仍然活著;他的口中
有兩張嘴的斷斷續續的年齡。
人們呼喚他的號碼:碎片。
人們呼喚他的愛情:或許對他的意義更重!
人們呼喚他的子彈:同樣已是亡靈!

他那有消化能力的秩序依然在堅持
而他那靈魂的無序,在後面,已無意義。
人們放棄了他並聆聽他,於是
那屍體
霎時間,幾乎秘密地復活了;
然而人們對他進行了精神聽診,只有日期!
人們在他的耳邊哭泣,同樣只有日期!

1937 年 9 月 3 日

十二 群眾

戰鬥結束，
戰士犧牲了，一個人向他走來
對他說：「你不能死，我多麼愛你！」
但屍體，咳！依然是屍體。

兩個人走近他，同樣說道：
「要勇敢！要復活！別將我們丟棄！」
但屍體，咳！依然是屍體。

二十，一百，一千，五十萬人趕來
並向他呼喚：「這麼多的愛！死神就無法抗拒！」
但屍體，咳！依然是屍體。

千百萬人圍在他身旁
一齊請求：「留下吧，兄弟！」
但屍體，咳！依然是屍體。

於是，大地上所有的人
包圍著他；傷心而又激動的屍體看見他們；
慢慢地欠起身，
擁抱了第一個人；開始行進……

1937 年 11 月 10 日

十三 為杜蘭戈[1]的廢墟擂響喪鼓

塵土父親，你從西班牙升起，
上帝拯救你，解放你，為你加冕，
塵土父親，你從靈魂升起。

塵土父親，你從火中升起，
上帝拯救你，給你穿鞋並給你寶座，
塵土父親，你已在天國。

塵土父親，硝煙的重孫，
上帝拯救你，將你升至無限，
塵土父親，硝煙的重孫。

塵土父親，正義者在你身上結束，
上帝拯救你並把你還給泥土，
塵土父親，正義者在你身上結束。

---

[1] 杜蘭戈於 1937 年 3 月 31 日遭法西斯轟炸，同年 4 月 26 日被法西斯占領。

塵土父親，你在掌聲中成長，
上帝拯救你並遮蓋你的胸膛，
塵土父親，對什麼也不恐慌。

塵土父親，你是鋼鐵鑄成，
上帝拯救你，並賦予你人的體形，
塵土父親，你燃燒著前進。

塵土父親，賤民的涼鞋，
上帝拯救你，但永不把你放開，
塵土父親，賤民的涼鞋。

塵土父親，野蠻人為你扇風，
上帝拯救你，用眾神將你纏繞，
塵土父親，原子在將你護送。

塵土父親，人民的汗巾，
上帝永遠從邪惡中拯救你，
西班牙的塵土父親，我們的父親！

塵土父親，你走向未來，
上帝拯救你，指引你並給你翅膀，
塵土父親，向未來飛翔。

十四

西班牙,你要當心,當心你自己的西班牙!
當心沒有錘子的鐮刀!
當心沒有鐮刀的錘子!
當心犧牲者,無論如何!
當心劊子手,無論如何!
當心無動於衷者,無論如何!
當心在雞鳴前,可能拒絕你
三次的人,還有後來
真的拒絕了你三次的人!
當心沒有脛骨的骷髏!
當心沒有骷髏的脛骨!
當心新的強權者!
當心那個吃你屍體的傢伙!
當心那個向你的生者吞食你的死者的傢伙!
當心百分之百的忠誠者!
當心這空氣後面的天空!
當心那天空後面的空氣!
當心那些愛你的人們!

當心你的英雄！
當心你的死者！
當心你的共和！
當心你的未來！……

十五 西班牙,請拿開這杯苦酒

世界的孩子們,
倘若西班牙倒下——我只是說說而已——
倘若西班牙
從天空倒下,她的手臂
被夾在兩塊土地的夾板裡;
孩子們,凹陷的雙鬢有多大年紀!
我告訴你們的事情在太陽上有多麼早!
你們胸中那古老的聲音有多麼快!
你們練習本上的「2」有多麼老!

世界的孩子們,
西班牙母親背著她的肚子;
我們的老師拿著她的戒尺,
她是母親和老師,
木材與十字架,孩子們,因為她
給了你們高度,頭暈、加法和除法;
告狀的父母們,和她在一起!

倘若她倒下——我只是說說而已——
倘若西班牙從大地上倒下，
孩子們，你們將如何成長！
年將怎樣懲罰月！

牙齒將如何長到十個，
如何書寫二重母音，勳章如何在哭泣！
羊羔的蹄子如何繼續
被綁在巨大的墨水瓶上！
你們如何走下字母表的階梯
直至抵達那個字母，悲傷誕生在那裡！

孩子們，
戰士的子女們，此時此刻，
請壓低你們的聲音，因為西班牙
正在動物王國、小小花朵、彗星和人之間
分配自己的精力。
壓低你們的聲音，因為
她很嚴厲，很大，不知所措，
她手中的骷髏在不停地講話，講話，
那骷髏，那有辮子的骷髏，
那骷髏，那生命的骷髏！

我要你們壓低聲音；
壓低聲音、音節的歌、物資的哭泣
和金字塔的喃喃細語，尤其要壓低
用兩塊石頭行走的雙鬢的喃喃細語！
請你們壓低呼吸，
而倘若那前臂垂下，
倘若那戒尺發出聲響，倘若黑夜降臨，
倘若天被夾在兩塊地獄的邊緣裡，

倘若在門聲裡有雜音，
倘若我遲到，
倘若你們看不見任何人，
倘若沒有尖的鉛筆嚇唬你們，
倘若西班牙母親倒下——我只是說說而已——
你們要去，世界的孩子們，要去將她尋找！……

西班牙：四種苦惱和一個希望的詩

尼古拉斯・紀廉

苦惱之一：金石的目光

不要科特斯[1]也不要皮薩羅[2]
（阿茲特克人，印加人，共同牽引雙重的戰車）。
最好是他們的壯漢
跨越時間。手持盾牌，都到這裡來。
到這裡來，帶著長滿老繭的堅硬的雙手；
昔日的民兵
請來我們這裡，
將馬刺刺進你的坐騎；
到這裡來，同我們一起，
遙遠的民兵，
熱情似火的手足兄弟。
勇士的長矛
紛繁的兵器；
一柄柄利劍刺進晨曦；
天真而又強悍的槍手，

---

[1] 科特斯（1485 — 1547），西班牙殖民者領袖，於1519至1521年征服了龐大的阿茲特克帝國（今墨西哥）。
[2] 皮薩羅（1475 — 1541），印加帝國（今秘魯）的征服者。

征服者英俊的馬蹄；

頭盔、眼罩，

厚厚的護膝，

帝國所有古老的金屬

都在燃燒的水中熔化

從那裡將機槍子彈

發給戰士、工人、藝術家。

不要科特斯，也不要皮薩羅

（印加人、阿茲特克人、共同牽引雙重的戰車）。

最好是他們的壯漢

跨越時間。手持盾牌，都到這裡來。

請看，請看西班牙，破碎的山河！

鳥兒，從廢墟上飛過，

法西斯和它的皮靴，

街頭的路燈已無燈火，

高舉的拳頭，

覺醒的胸膛，

榴彈砲爆炸在瀝青路上，

馱著它們的馬匹已經死亡；

大海的淚水，

鹹澀，洶湧，撞擊所有的海港；

吼聲衝擊雙唇，
憤怒、圓睜的雙眼
射出金石的目光。

苦惱之二：你的血管，我們的根

我被扭曲的根；
我的根，你的根；
我們大家的根，
將血飲，被血浸，
我的根，你的根。
我感到它，
我的根，你的根，
我們大家的根，
我感到它
扎在我土地的最深處，
扎在那裡
拖著我，舉著我，
向我呼叫，向我訴說。
你的根，我的根。
它扎進沃土裡，
用鋼鐵、火藥
和岩石的釘子，
在灼熱的語言上開出花朵，

它滋養著枝幹,疲憊的鳥兒在那裡安身,
舉起他們的血管,我們的血管,
你的血管,我們的樹根。

苦惱之三：
我的骨骼在你士兵的身上行動

死神偽裝成修士。
我用熱帶人浸著汗水的緊身襯衣
扼殺自己的舞蹈，
為了你的生命而在死神後面奔跑。

你雙重的血液在我身上匯合
再回到你身上，因為它們來自那裡，
詢問你閃光的瘡痍。
我將看到那些冷酷的人，他們傷害了你。

反抗權柄、王冠、馬刀、披風，
人民，反抗蹂躪，我與你相同。
和你說話，用我的聲音和心靈，
朋友啊，我與你為友，與你為朋。

沿著紅色的路徑；在灰色的山峰；
沿著被破壞的道路，

我的皮,撕成一條條,為你做繃帶,
我的骨骼在你士兵的身上行動。

苦惱之四：費德里科[1]

我叩響一扇謠曲的門。
「費德里科可在這裡？」
一隻鸚鵡回答我：
「他已經離去。」

我叩響一扇水晶的門。
「費德里科可在此地？」
一隻手臂指引我：
「他在那條河裡。」

我叩響一個吉卜賽人的門。
「費德里科可在這裡？」
無人回答，無人訴說……
「費德里科，費德里科！」

空蕩蕩的家一片昏暗；
牆上長著黑色的苔蘚；

---

[1] 即西班牙詩人費德里科・加西亞・洛爾卡，於 1936 年被法西斯殺害。

不見水桶的井欄,
綠色蜥蜴的花園。

鬆軟的土地上
蝸牛在移動,
而七月火紅的風
搖盪在廢墟中。

費德里科!
吉卜賽人死在何處?
他的眼睛在哪裡僵冷發呆?
他會在哪裡,為什麼不來?

(一首歌)

星期天他出去了,是在夜晚,
星期天他出去了,沒有回還。
手裡拿著一朵百合,
眼中的激情似火;
百合化作血漿,
血漿化作死亡。

(加西亞・洛爾卡時刻)

費德里科在蠟燭、晚香玉、
油橄欖、石竹花和寒冷的月亮上夢想。
費德里科、格拉納達和春光。

在尖銳的孤獨中熟睡。
在模糊的檸檬樹旁,
在路邊發出音樂的聲響。

深夜,點起了星星,
拖著透明的尾巴
沿著車夫們的路徑。

緩緩走過的吉卜賽人
雙手被捆,無法動彈,
「費德里科!」他們突然高喊。

他們淌血的血管在怎樣呼喊!
他們冷僵的身軀似乎被點燃!
他們的腳步啊,何等的柔軟!

他們身披綠色,剛剛垂下黑夜的幕帳;
感官赤裸著雙足
走在堅硬的沒有脊梁的路上。

費德里科挺身站起,沐浴著光芒。
費德里科,格拉納達和春光。
月亮、石竹、晚香玉和蠟燭一起,
緊隨著它們,沿著芬芳的山岡。

希望之聲：一支歡樂的歌飄蕩在遠方

西班牙，你在燃燒！
用火紅的長長的指甲在燃燒！
用胸膛、號角
抵抗殺害母親的槍砲，
將長長的燃燒的火紅的指甲
抓進叛徒的肌體、眼睛和嘴巴。
你多麼高大，來自底層，
用火山的根將自己固定；
用柔韌、藍色的繩索支撐自己的呼聲，
堅強的、來自底層的牧民和詩人的呼聲。
你的掃射、雷霆和暴怒的喉嚨
匯集在世界的耳中；
用岩石的肌肉砸爛枷鎖
因為它封鎖著世界的收成。
你將自身置之度外；
高聲 喊，鮮血淋漓，如痴如瘋，
站在血泊裡，
站立在如痴如瘋卻又純潔無瑕的寥廓中。

西班牙，我看見
你流空的血管，可總是重又充滿；
你笑容可掬的傷員；
你埋在夢中的死者；
你頑強的部隊——它的戰士
是騾夫、短工和酒店的老闆。
我，
美洲的兒子，
你與非洲的兒子，
昨天是奴隸，主子是白人工頭，手持瘋狂的皮鞭；
今天是美國製糖廠主的奴隸，他們血腥、貪婪；
我掙扎在陰暗的血泊中，我的安地列斯群島
沉浸在血泊裡；
埋葬在一切監牢的泥濘裡；
在甘蔗田辛酸的綠色中窒息；
日夜被貪得無厭的刺刀包圍；
在釘進回歸線十字架上的島嶼
那嚎叫的叢林中銷聲匿跡；
我，美洲的兒子，
奔向你，為了你，死不足惜。
我，樸實地熱愛自由，
像人們熱愛孩子、熱愛太陽
或熱愛我們房前種植的樹木；
我的聲音為古老粗獷的森林戴上王冠，

手鼓的韻律響徹我的心房，
我的目光消失在天際，
為了啃斷樹根和必不可少的果實
我的牙齒堅硬、質樸、潔白如霜，
我的嘴唇豐滿、滾燙，
為了暢飲河水，它們看著我來到世上；
還有碼頭上氣喘吁吁的搬運工人，
公路上的石匠，
咖啡的種植者和做苦工的囚犯，
只因不願做魑魅魍魎
無故被關進牢房，
他們頑強、苦澀的汗珠
使我的軀體水氣汪汪；
同志們，我用將陪伴你們的自由人的聲音
向你們呼喊：
我要和你們踏著同樣的步伐向前，
簡樸而又愉快，
純潔、平靜而又堅定，
我要用捲髮的頭顱和黝黑的身體
替換你們機槍震顫的彈鏈，
我匍匐前進，屏住呼吸，
和你們在一起，
你們在哪裡，我們就去哪裡，
在熾熱的被彈片穿透的天空下

營建另一種樸實、寬廣的生活,
它純潔、樸實、寬廣,
崇高、純潔、樸實、寬廣,
我們的聲音一定在那裡回響。

和你們一起,昨天你們是征服者的手臂,
而今天具有打破世界的魄力;
雙手能夠抓住閃光、遙遠的星星,
能撕破震顫、深邃的天空;
能把「南海」[1]和加勒比海的島嶼攏在一起;
能把所有大洋的水和岩石膠合成沸騰的溶液;
能在高空漫遊,讓所有黎明的太陽將它染成金黃;
能在高空漫遊,讓所有經度的太陽為它提供營養;
能在高空漫遊,滴著赤道和兩極的血漿;
能在高空漫遊,宛似一種不會沉默的語言,
永遠不會不聲不響;
能在高空展現紅色、肅穆、熱烈、粗獷、
毫不留情、聲勢浩大、暴風雨般的革命
橫掃一切、無堅不摧的火光!

---

[1] 當西班牙人巴爾柏於 1513 年發現太平洋時,稱其為「南海」。

和你們一起，騾夫，酒店老闆！
是的，礦工，和你在一起！
和你們一起，行動，射擊，殺敵！
啊，騾夫，礦工，酒店老闆，
讓我們共同高歌，就在這裡！

（一曲合唱）

「我們都認識道路；
油污沾滿了槍身；
雙臂已做好準備；
前進！

死本無足輕重，
死並非了不起的事情；
糟糕的是有了自由卻又被關進監獄，
獲得了自由卻又成了奴隸！

有的人死在床上
掙扎十二個月的時光，
另一些人高歌而死
十顆子彈射進胸膛。

我們都認識道路；
油污沾滿了槍身；
雙臂已做好準備；
前進！」

我們就應該這樣，
嚴肅認真，身披黎明的曙光。
我們粗大的鞋子四處回響，
它們會告訴顫抖的樹林：「未來會變成以往！」
我們會消失在遠方……人群模糊的形象
會被抹掉，但地平線仍會傾聽
我們全部震顫的聲音，宛似在夢中一樣：
「我們認識道路……
油污沾滿槍身……
手臂已準備停當……」

這歡樂的歌聲像一朵雲飄在紅色的遠方！

詩選十二首

拉斐爾·阿爾貝蒂

你們沆瀣一氣

更有甚者,
你們與殺人犯,
與法官,
與各部門渾濁的檔案沆瀣一氣,
還有那突然使我們嘗到岩石的味道
或領教潮濕、恥辱的黑暗牢房的槍彈,
最有為的身軀在那些黑牢裡變得更加堅定或命喪黃泉。
你們,
你們在這樣行動,
儘管你們中的某些人有時裝得像並不知情。

那寂靜是什麼?
還有那受壓抑的
潛在的風暴的臉龐,
當桌布在我們面前鋪開,像侮辱一樣,
像一種施捨,將我們束縛於你們可憐的思想,
你們令人蔑視的金錢,總是懸掛在你們的眼上?
你們,
你們在這樣行動。

休想否定。

沒用。

一定要逃離,

要擺脫那腐朽的樹幹,

那蟲蛀的根

在遠離你們的地方奔波

以對付並消滅你們,

與那些人一起,

他們創造了你們的工廠,

耕種你們的土地,

在你們的統治下奄奄一息。

因為你們的確

都在與死神沆瀣一氣。

（選自《隨時隨刻》）

我屬於第五團[1]

丟下耕牛和村鎮，
明天我要離家園，
你好，請問你到何處去？
——我去第五團。

徒步行軍，沒有水
穿過田野又翻山。

充滿勝利和自豪感：
——我屬於第五團！

---

[1] 第五團是共和國軍隊中一支有名的部隊。

保衛馬德里

馬德里，西班牙的心靈，
在狂熱地跳動。
倘若昨天熱血沸騰，
今天熱度持續上升。
人們早已不能入睡，
因為倘若馬德里入睡，
醒來的那一天
就再也見不到黎明。
馬德里，別忘記，戰爭；
永遠不要忘記正視
敵人的眼睛
向你投來死亡的猙獰。
獵隼盤旋在你的天空，
它們迫不及待地
向你紅色的屋頂、街道、
向你英勇的人民俯衝。
馬德里：永遠不會有人說
也不會有人寫或者想

在西班牙的心臟

血會凝結成冰。

你在那裡永遠蘊藏著

勇氣和尊嚴的源泉。

令人驚嘆的大河

從那裡奔流向前。

倘若倒楣的時刻降臨

——它將不會到來——

到那時每個街區

都是最堅固的要塞。

人人像一座堡壘；

他的前額就像城垛，

他的雙臂就是城牆，

要進門，那是休想。

要是有人膽敢

鑽進西班牙的心臟，

那就讓他來吧！

快一點！馬德里就在眼前。

馬德里會保衛自己

用指甲，用雙腳，用肘彎，

用牙齒，用推搡，

巍然屹立，仰面朝天，

單獨，果敢，

在納瓦爾佩拉爾，

在西古恩薩，
在塔霍河綠色的水邊，
在槍聲大作的地方，
子彈會凍結你熾熱的血漿。
馬德里，西班牙的心臟，
它是泥土做成的，如果刨一刨，
裡面有一個巨大的坑穴，
又深，又大，氣宇軒昂，
像一個山澗在等候⋯⋯
只有它容得下死亡。

人民的風席捲著我：聶魯達等國際詩人反法西斯詩選

保衛加泰隆尼亞

加泰隆尼亞人，加泰隆尼亞！
你們美麗的大地母親
就如同你們的心臟，
她是我們的姐妹，
頭枕著山梁，
半邊身體沐浴著海洋，
在自由中憧憬，
送子上戰場。
奔赴薩拉戈薩，
面對烏埃斯卡的城牆，
沿著托雷多的平原，
在整個西班牙的土地上
都有加泰隆尼亞的血在流淌
伴隨著加泰隆尼亞語的回響。
然而為了你憧憬的聲音
能夠繼續迴蕩，
加泰隆尼亞人，永遠不要忘記
在馬德里附近，敵人的目光
正在窺視著，

企圖將它滅亡。

讓馬德里滅亡,加泰隆尼亞人,

這是多麼野蠻的侵略!多麼黑的心腸!

多麼昏暗,多麼骯髒,

多麼殘酷,多麼荒謬的伎倆,

他們竟企圖強行

使你們的門戶開放!

如果現在馬德里是中心,

是戰鬥的心臟,

倘若它停止了堅強的跳動,

你便是頭顱,

人們最想攫取的珍寶,

最想占有的頸項。

多麼豐盛的筵席啊,

喝醉的將軍們在餐桌前,

那裡沒有潔白的桌布

卻鋪著血淋淋的衣裳。

勇敢的加泰隆尼亞人,會讓他們休想!

永遠不要讓這類魔鬼

在他們的宴會上

將你們的獨立品嘗。

要知道!加泰隆尼亞的自由

與馬德里休戚與共;

還有工廠、城市、鄉村、山嶺,

你們土地上的一切財富,
使國土生輝的海洋——
它奉獻的航船一經靠岸
就變成白銀的光芒。
加泰隆尼亞人民,警惕!
加泰隆尼亞人民,注意!
我懷著西班牙的心,
這只是泥土的心,
加泰隆尼亞人,向你們致意:
萬歲!加泰隆尼亞的獨立!

致漢斯・貝姆勒[1]，馬德里的衛士

漢斯・貝姆勒倒下，
「紅色陣線！」英雄曾說。
西班牙人，法國人，義大利人
和他的德國同胞
都聽到過。
馬德里聽到過，天空聽到過，
為了殺害他而出生的子彈
顫抖著聽到過。
紅色陣線！他倒在
卡斯蒂利亞的土地，忠誠的土地，
他來自遠方，
到這裡將自己的鮮血播種。
紅色陣線！
讓德國的監獄
和劊子手們傾聽，
他們殘酷無情的刀斧

---

[1] 漢斯・貝姆勒（1895 — 1936），德國共產黨中央委員，希特勒上台時被關進集中營，後逃脫。西班牙內戰開始時，他加入國際縱隊，任營教導員，戰鬥在馬德里前線。

總是落在永遠
不會屈服的脖頸。
紅色陣線!回響,呼嘯,
像子彈飛過,爆炸在
在大地、天空、海洋,
在星際,在四面八方,
這令人眩暈的吶喊聲——
紅色陣線!——直至
深深地扎進
所有喜愛他的心房,
讓他們也高呼「紅色陣線!」
像漢斯一樣。
馬德里,不會忘記,
她將高呼這個口號,
直至她的槍口
乾燥得再也發不出聲響。
「紅色陣線!」火車長鳴,
前進在西班牙的田野上。
映入眼簾的
一座座城鎮和村莊。
在果林和花園
在旗幟和橙林中
瓦倫西亞向漢斯的軀體——
紅色陣線!——致敬,

加泰隆尼亞的海洋，
它的葡萄園和橄欖林，
巴塞隆納的林蔭大道
將紅色陣線！
將漢斯的遺體瞻仰！
巴黎啊，巴黎，你的工人，
唱著歌將他抬來，
將他送到船上，
它們將他運走，
既然他的祖國
不讓他魂歸故鄉。
紅色陣線！在莫斯科，
在紅場，巨大的儀仗
人群和歌聲
會將他安葬。
紅色陣線！讓他在那裡
安息，在列寧的身旁。

（選自《西班牙戰爭謠曲》）

致國際縱隊

你們來自遠方……然而這遙遠
對你們的熱血又算得了什麼，它在不分國界地歌唱！
不可避免的死亡每天都在召喚你們
無論在城市、鄉村或者公路上。
從這個或那個國家，從大國或者小國，
它在地圖中只占了一點點模糊的顏色，
帶著同一夢幻的同樣的根
你們談笑而來，誰也不說自己的名字叫什麼。
你們甚至不知道城牆的顏色
儘管是你們用堅不可摧的責任感將它築起。
你們在捍衛埋葬自己的土地，
在身穿作戰服的死神旁邊射擊。
留下來吧，這是樹木和平原的心願，
光的微粒在鼓舞那震撼
海洋的唯一的情感：兄弟們！
馬德里因你們的名字而更加偉大和光輝燦爛。

你們沒有倒下

冒著烈日、寒冷、雨水、冰霜,
你們犧牲在巨大的彈坑旁
或者在伴隨你們的鮮血
演奏出樂曲的纖細的小草上。

田野上撒滿年輕的軀體,不得不
離開生育你們的憂傷的土地,
如此突然而又天經地義,你們
又化作種子,播進戰爭開出的田畦。

人們聽見你們出生,你們緩慢的疲倦,
你們在堅硬土地覆蓋下新的衝擊,
當土地賦予你們麥穗的形體
便在麥花上嗅到它未來青春的氣息。

誰說你們已經死去?
人們在劃開令人眩暈的彈道的呼嘯裡
聽到一種喃喃細語,它已化作歌聲和新生的榮譽,
和掘墓的鋼鍬鐵鎬有著莫大的距離。

兄弟們,活著的人永遠不會把你們遺忘。
你們在和我們,和我們的人群一起歌唱,
面向自由的風,面向生命和海洋。
你們不是死亡,而是新生的青春之光。

致一位不該死去的詩人的輓歌[1]
（費德里科・加西亞・洛爾卡）

不是你的死神，不該輪到你死。
它居心叵測地故意走錯了門。
你去哪裡？我迫不及待地喝問，
可仍未能改變你的命運。

我的死神早起了！起來了！一種預感
在石灰、屋頂和塔樓上打顫。
黑暗不惜一切代價向風發出警告，
河流不惜一切代價向村鎮吶喊。

我被囚禁在島嶼，哪裡知道你的死神
將你遺忘，卻讓我的死神肆意囂張。
我多麼痛苦，痛苦，痛苦地看到
你變成了我的模樣，本該輪到我死亡。

---

[1] 這是寫給慘遭法西斯殺害的詩人加西亞・洛爾卡的輓歌。兩位詩人同屬「二七年一代」，是好朋友。當時阿爾貝蒂是共產黨員，而洛爾卡是無黨派人士，所以在詩中，作者說「不該輪到你死」。

那鮮血扭曲了你的記憶、所有的鮮花
和未受槍擊的晶瑩的心臟，
你最後的目光中對此閃爍著恐懼，
你死後不要將它帶到你的天堂。

倘若你替我而死，我替你活在世上，
倘若你的生命應該更美更長，
我決不會將她辜負，直到大地
重新閃耀收穫的光芒。

七月十八日

（1937，西班牙人民抗擊佛朗哥一周年）

拂曉與黃昏，朝霞和落日，
死亡的日期與純淨的分娩，
這一天，偉大的一天，漫長的一天。
西班牙，在恐懼和震顫中
抽搐、盲目而又無畏地
表明了以往的宿願。

一棵樹，根部已被蛀，
勉強返青並讓自己的枝條
生出花和新的手臂，
大地傾倒並將它連根拔起，
使泥土裂開，火焰衝入，
讓它因樹冠碎成千萬塊而死去。

偉大的一天，漫長的一天！
蠓蟲、蠕蟲、仇恨的蛆蟲，
無恥、卑鄙、下流之徒，
人類有毒的皮膚，

在火與珍貴
純潔的血和生命的混合中
播種未來的光明之星。

已經倒下許多，多少條河流
被迫發出嗚咽的響聲！
多少座塔樓已不能迎風屹立，
人們已看不見它們巍峨的身影！
已經倒下許多，許多，
多少卓越的同志啊！
然而什麼也不會白白地犧牲！

西班牙的版圖在受難、哭泣、吶喊，
她在偏離大海，她的面頰
褪去多少顏色，
黃色淹沒了殷紅。
她的內臟在怎樣扭動，
她的分娩已經處在黎明：
七月十八日：新時代的誕生。

夜曲

當人們夜不能寐地經受熬煎
聽見血液中只有憤怒在奔流向前,
仇恨在骨髓中清醒地顫抖,
報復在脊髓中持續地點燃,
這時語言已不起作用:語言。

槍彈。槍彈。

文章,評論,演說,宣言,
印製的雲霧,迷失的硝煙。
墨水多麼大的悲哀,水將它們沖掉,
紙張多麼深的痛苦,風將它們吹散!

槍彈。槍彈。

現在我忍受貧窮、卑微、不幸,淒慘
並如同一個有喉嚨的死者
當他要從語言的深淵
發出不能發出的吶喊,只有默默無言。

槍彈。槍彈。

今晚,我感到受了致命傷的語言。

(選自《光榮的首都》)

西班牙內戰中的胡安・帕納德羅[1]

1

胡安・帕納德羅在戰爭中，
就是胡安・索爾達多[2]
與戰士胡安相同。

2

我，麵包師胡安，
與安東尼奧沒什麼區別，
都是人民的熱血。

3

西班牙的麵包師胡安：
一個「無所畏懼的胡安」
在高山營地面前。

---

[1] 這是詩人以胡安・帕納德羅（意為「麵包師」）的口吻創作的詩篇，總題目為《胡安・帕納德羅的歌謠》，又譯作《麵包師胡安的歌謠》。
[2] 索爾達多（Soldado）在西班牙語中即士兵的意思。

4

我首先是民兵：
步槍握手中，
心兒迎著風。

5

一身工作服，
三根樹枝作戰壕，
勇氣遠遠勝過彈藥。

6

光榮屬於我的營！
啊，轉戰在雷昂城
瓜達拉馬山地中。

7

佩格里諾斯的明天。
埃斯科里亞爾[3]在深淵，
死神在松樹間。

---

[3] 埃斯科里亞爾是馬德里的一個皇家大理石建築群，包括宮殿、教堂、陵墓、修道院等，建於 16 世紀。

8

麵包師,請注意!
馬德里的心
在遠方注視著你!

9

啊,第一天的犧牲者!
他們不是死去的人,
是歡樂中剪下的花朵。

10

我看見死去的人們,
一隻百靈在他們的嘴上,
瞪著雙眼看著太陽。

11

最早為西班牙死亡,
他們的心中沒有黑暗
充滿陽光。

12

沒見過這麼深的悲憤
也沒有過
這麼大的功勳。

13

我很年輕，經歷不長。
但是剩下的年華
我要用來歌唱。

14

整個西班牙
都在發狂。
它所開創的是海洋。

15

說什麼海洋？我說的是風。
還能說什麼呢，當西班牙
四面八方都是情？

16

我無法比較,
因為如果一隻公牛脫逃
也就有一隻獅子跑掉[4]。

17

那是在一年的夏天。
西班牙的公牛怒不可遏
在卡斯蒂利亞獅子的身邊。

18

將軍們渾身戰慄。
因為西班牙的公牛
總會發起致命的攻擊。

19

他們至今仍在角落裡
戰慄,因為公牛
仍與獅子形影不離。

---

[4] 詩人將公牛和獅子分別作為人民與法西斯的象徵。

20

那是夏季的一天
帶來曙光的日子
很快就會出現。

胡安・帕納德羅向「熱情之花」[1]致敬

1

從西班牙的心中
麵包師胡安向你獻上
他游擊隊員的心靈。

2

這是一人的心靈
像所有人一樣
在不眠之夜呼喚你的姓名。

3

照耀我們的明燈！
多洛雷斯屬於礦工，
他們在井底層。

---

[1] 「熱情之花」是西班牙人民對當年西班牙共產黨總書記多洛雷斯・伊巴露麗（Dolores Ibarruri）的愛稱，又譯作「熱情女郎」。

4

「熱情之花」
征途上的戰旗,
在貧苦人的手裡。

5

偉大的太陽,北極星,
多洛雷斯屬於工人
無論在陸地上還是海洋中。

6

熱情之花屬於士兵,
多洛雷斯屬於他們,
慘遭迫害或身陷牢籠。

7

你是希望者的希望,
是遭受流放並在異鄉
奮鬥不息者的信仰。

8

你是光復運動的魂魄,
在共產主義風中
蔓延的烈火。

9

善良的母親,堅強的母親,
為了生命,將兒子
獻給了死神。

10

膽小鬼將你仇恨,
你是頑強的影子,緊逼
那個將西班牙變成地獄的人。

11

有個人將她判決
並將她囚禁在痛苦的城堡裡
然而卻對她充滿恐懼。

12

對於那不去拯救共和國
反而將它出賣的敗類,對於那
將西班牙侮辱的人,她是仇恨的化身。

13

不理解你的人在哭泣,
不熟悉你的人在夢想,
為你燃燒的人在歌唱。

14

不要說「戰爭」!而要說
「和平」!誰無所畏懼
誰就會跟著你。

15

誰要是跟著你走
對敵人
就決不會伸手。

16

因為你就是一顆赤誠的心,
那裡只有純潔的血液在循環
決沒有背叛。

17

你是勇氣的總和,
多洛雷斯,你屬於西班牙的痛苦
也屬於西班牙的快樂。

18

麵包師胡安將你歌頌:
為了你,游擊隊員的射擊
一定會百發百中。

19

為了你,山峰將他支撐,
為了你,他來自黎明
又走向黎明。

20

你的夢,你的夢想,
會使流血的人民
意志更加頑強。

21

人民為了你而高喊:
「寧可站著死去
決不跪著生還!」

22

今天請讓我的歌聲
從西班牙的心中
向你獻上她的心靈。

懷念在西班牙內戰中犧牲的英雄：
何塞・加約索和安東尼奧・塞奧內

1

我這吉他的琴箱
不是共鳴箱，而是
西班牙受苦受難的牢房。

2

牢房四面是木製的牆
卻誰也無法
從那裡逃亡。

3

琴弦是粗大的木棒
還有那小小的鐵窗
我的歌從那裡向四處飛揚。

4

那一根根弦軸
是調琴的鑰匙
在壓縮我心中的光。

5

現在我要唱歌
歌中的血
比大海的泥沙還多。

6

游擊隊員們的血!
礦工和農民的血!
戰士和海員的血!

7

整個忠誠的西班牙!
條條道路
通向自由的西班牙!

8

加利西亞、亞拉岡、
萊萬特、阿斯圖里亞斯、
和安達魯西亞的游擊隊員！
四面八方的戰士都勇敢！

9

我現在歌唱倒下去的英雄,
他們已長眠在地下
已在麥苗中復生。

10

何必枉自嚎啕？
既然悲痛只會給心靈
戴上鐐銬。

11

我最好的悼念
就是扛起槍
上山去參戰。

12

那裡只能在地上休息,
沒有哭泣只有槍聲,
沒有手帕只有心靈。

13

什麼也不能使我低頭,
一個游擊戰士
就是一頭暴風雨中的公牛。

14

別來將我糾纏
一個游擊隊員就是一頭公牛,
至死也不會改變。

15

他們傷害我,拷打我,
直至奪去我的生命……
但我決不屈從!

16

我就是有一百條命
也會全部獻出
決不會屈服!

17

現在我要說出他們的名字,
但不用說我自己
因為我們的名字早已融為一體。

18

先把誰來歌唱?
鋼就是鋼
先後都一樣。

19

只要是光榮
就一樣高貴。
如果我說加約索,
也就在說塞奧內。

20

頑強的歌,同志們,
頑強的歌,戰友們,
儘管它的內容是死亡
卻要放聲唱。

21

戈麥斯 · 加約爾的血,
純潔的血,勇敢的血,
安東尼奧 · 塞奧內的血,
迪格斯的血,拉臘尼亞卡的血,
血的山谷,血的山岡!

22

阿古斯丁 · 索洛阿的血!
鮮血流淌的海洋!
曼努艾拉 · 桑切斯的血!
西班牙寶貴的血漿!

23

我不願再提血字,
因為我的吉他
也在把血淌。

24

但儘管它的聲音會消亡,
卻依然會
把游擊隊員的西班牙歌唱。

25

它會永遠不停地
詛咒和歌唱
直到報曉的雄雞
已宣告天亮。

26

清晨已在頭上
共和國的旗幟
已在迎風飄揚!

(選自《胡安・帕納德羅的歌謠》)

人民的風

米格爾・埃爾南德斯

1 輓歌之一
致詩人費德里科・加西亞・洛爾卡

死神手持生銹的扎槍，
身著砲衣，行走在荒原上，
在苦澀的雨水中播種骷髏，
而人，在培植根和希望。

田陌碧綠一片，
什麼樣的天氣將歡樂壓扁？
太陽使血液腐爛，使它布滿了埋伏
並生出了黑暗中的黑暗。

痛苦和它的斗篷
又一次見證了我們的相逢。
我淚如雨下
又一次走進了哭泣的胡同。

我總是看見自己
置身於這倒流的苦澀的陰影，
它是用眼睛和腸線糅成，

人民的風／埃爾南德斯

入口處有一盞掙扎的油燈
和一串憤怒的心靈。

我想痛哭，在一口井中，
在水、抽泣和心靈的
同一條陌生的根中：
那裡無人看見我的聲音和目光，
無人看見我淚水的蹤影。

我緩緩地進入，緩緩地低下頭，
心靈在緩緩地撕扯著我，
在吉他旁，緩緩地
愁苦地再次哭出我的哀歌。

在所有逝者的哀歌中，
我沒有忘卻任何一個回聲，
哭泣的手會選取一個，
因為它更強烈地迴蕩在我的心靈。

費德里科・加西亞，昨天
還這樣稱呼：現在卻化作了塵土。
昨天還擁有沐浴著陽光的天空，
今天只有絆根草下的墳坑。

何等輝煌！你曾何等輝煌
而如今卻變成這樣！
你從齒間抽取的動人的歡暢，
曾使立柱和胸針蕩漾，
如今你多麼悲傷，
只想要棺槨的天堂。

身穿骨架的衣裳，
睡得像灌了鉛一樣，
裝備著冷漠和尊敬，我在看
你的眉宇間是否浮出現我的臉龐。

你雄鴿的生命被掠走，
它曾讓窗口和天空
縈繞著泡沫和咕咕的叫聲，
颳走歲月的風
恰似羽毛的奔騰。

最優秀的蘋果
蛀蟲對你的汁液無可奈何，
蛆蟲的舌頭對你的死無可奈何，
為了將殘暴的健康賦予那弱小的蘋果
蘋果樹將選擇你的骨骼。

人民的風／埃爾南德斯

你的唾液失明的源泉，
雌鴿之子，
夜鶯和橄欖樹之孫：
只要是大地去而復返，
你永遠是千日紅的夫君，
忍冬花強壯的父親。

死是多麼簡單：多麼簡單
但又是何等不公的莽撞！
它不曉得謹慎行事，它的利刃
總是亂砍在人們最想不到的地方。

你，最堅固的建築，倒塌了，
你，飛得最高的雄鷹，跌落了，
你，最響亮的吼聲，
沉默了，沉默，永久的沉默。

你快樂的石榴樹的血，
像殘酷的鐵錘一樣，
砸向那致命地逮捕你的人。
唾液和鐮刀
落在他前額的污痕上。

一位詩人逝去,創作
受了傷並掙扎在心坎上。
宇宙冷汗的顫抖。
死神的光芒,使高山
與河流的子宮可怕地搖晃。

我看到眼睛不曾乾枯的森林,
聽到村鎮的嘆息和山谷的哀鳴,
淚水與披風的林蔭大道:
捲著落葉的旋風,
喪服接著喪服和喪服,
哭聲連著哭聲和哭聲。

你的骨骼不會被蜜汁的火山
和蜂巢的雷聲拖走或吹散,
編織成的、溫柔的、苦澀的詩人,
沐浴親吻的溫暖,你會在長長的兩串
匕首中間,感到長長的愛情、死亡和火焰。

為了將死去的你陪伴,
天地的各個角落裡布滿
和諧的樂隊,
藍色顫抖地閃電,
冰雹般的響板,

人民的風／埃爾南德斯

短笛、手鼓和吉卜賽人的營盤,
黃蜂和提琴的呼嘯聲,
吉他和鋼琴的暴風雨,
長號和短號突然迸發的啼鳴。

但勝過這一切的是寂靜。

在荒涼的的死亡裡
寂寞、孤獨、落滿灰塵的舌頭
像一扇門嘭的一聲
封閉了你的呼吸。

我似乎在漫步,
與你我的影子為伴
沿著鋪滿寂靜的土地,
那裡的柏樹更喜歡陰暗。

你的掙扎像絞刑架的鐐銬
圍繞著我的喉嚨
我在品嘗你葬禮的苦酒。
你知道,費德里科‧加西亞‧洛爾卡,
每天都有人在死亡,我就是這樣。

2 我坐在死者的屍體上

我坐在死者的屍體上
兩個月來他們默不作聲
親吻空空的鞋子
憤怒地握緊心靈之手
和維繫著它的生命。

讓我的聲音升上山頂
落在大地並化作雷聲，
從此時起直到永遠
都如此要求我的喉嚨。

請你靠近我的呼喊，
用乳汁哺育我的村莊，
樹木用它的根系
為我構築了牢房，
我會永遠留在這裡，
為了愛你並捍衛你
用鮮血和口
這兩桿忠誠的槍。

人民的風／埃爾南德斯

既然我脫離了大地，
既然我帶著貧窮
從不幸的母腹誕生，
我就註定會變成
不幸的夜鶯，
厄運的回聲，
不停地將這樣的人歌頌，
無論我怎樣歌頌痛苦，
歌頌窮人，歌頌土地，
他都會洗耳恭聽。

昨天清晨人民醒來，
赤身裸體而沒有衣服，
腹內無食飢腸轆轆，
今天清晨醒來
已被危險團團包圍
血流如注。
他們手握步槍
要變成雄獅
要將那多少次
向他們逞兇的野獸掃除。

威力無比的人民，
儘管你缺少武器，

要挺直腰桿，
懲治來犯之敵，
只要還有拳頭，
指甲，唾沫，
只要還有五臟六腑，
牙齒和男子漢的英武。
像狂風一樣勇猛，
像微風一樣精細，
對殺戮者還之以殺戮，
對憎惡你心中的和平
和你的婦女們的腹部的人
還之以憎惡。
不要讓他們從背後傷害你，
要堂堂正正地活著，
死也要挺起胸膛，面對子彈
如同厚厚的城牆。

人民啊，我要用哀婉的聲音
將你的英雄們歌唱：
你的願望就是我的願望，
你的不幸
具有同樣的哭聲，
具有同樣熱度的悲傷，
它們是用同樣的材料製成的：

人民的風／埃爾南德斯

你的思想和我的頭腦,
我的血和你的心房,
你的痛苦和我的榮光。
我覺得這樣的生命
是無形的城牆。

沐浴著人民的清泉,
從今天直至永遠,
我在這裡活著
當靈魂能發出聲音,
我在這裡死去
當時刻已經來臨。
生命會遭遇多次坎坷
而死亡不過是一次厄運。

3 人民的風席捲著我

人民的風席捲著我,
人民的風將我裹挾,
使我的心情舒暢,
使我的喉嚨爽朗。

閹牛低著頭,
在懲罰面前
無可奈何地溫順;
雄獅昂首挺立
並怒吼著
用利爪懲治敵人。

我不屬於閹牛的民族,
我的民族吸引著
獅子的礦藏,
雄鷹的峭壁
和公牛的山岡
豪情豎立在扎槍上。

在西班牙的荒原

從沒有閹牛在生長。

誰說能給

這個民族的脖子套上鎖鏈?

誰能給颶風

戴上桎梏和羈絆,

又有誰能捕獲閃電

並將它關在籠子裡面?

英勇無畏的阿斯圖里亞斯人,

堅如磐石的巴斯克人,

快樂的瓦倫西亞人,

好心的卡斯蒂利亞人,

像大地一樣精耕細作,

像羽翼一樣輕盈灑脫;

閃電般的安達魯西亞人,

生在吉他中間,

在淚水洶湧的

鐵砧上鍛煉;

吃黑麥的埃斯特雷馬杜拉人,

沐浴著雨水與平靜的加利西亞人,

堅毅的加泰隆尼亞人,

出身尊貴的亞拉岡人，

像火藥一般

到處繁衍的莫夕亞人，

雷昂人，納瓦羅人，

飢餓、汗水和斧頭的主人，

礦山之王，

耕耘的主人們，

在樹根中間

像樹根一樣牢固，

從生到死，

從無到無：

惡棍們要把桎梏

給你們戴上，

你們一定要把桎梏砸爛

在他們的背膀。

閹牛們的晨曦

正在使黎明升起。

閹牛卑賤地死去，

散發著牛圈的臭氣：

雄鷹，獅子

和公牛，自豪果敢，

人民的風／埃爾南德斯

在他們身後，
天沒垮塌也沒有變暗。

垂死的閹牛
多麼渺小，
抗爭的猛獸
使造化變得崇高。

我就是死，
也要昂起頭，
哪怕死二十回，
啃著草根，
也要咬緊牙
挺直下巴。

我唱著歌迎接死亡，
有多少夜鶯
在戰鬥中
在槍枝上歌唱。

4 拉犁的兒童

桎梏的肌體,從一出生
卑賤就多於美好,
套在脖子上的枷鎖
一直使脖子遭受煎熬。

生來就是工具,
註定要受打擊,
一塊不高興的土地,
一架不滿意的犁。

在純粹並有活力的
牛糞中,給生命
帶來橄欖色的靈魂
衰老並麻木不仁。

他開始生活,
並從始至終地死亡
用牛鞅提升著
母親的形象。

人民的風／埃爾南德斯

他開始感受，感受
生活像一場戰爭，
他疲憊地搏鬥
在大地的骨骼中。

他不會數自己的年齡，
卻懂得汗水對農夫
像一頂王冠
苦澀而又沉重。

他幹活，當他像男子漢
一樣嚴肅地幹活，
揮汗如雨，用墳墓的肌體
裝扮自己。

面對打擊的力量，他堅強，
任憑太陽的力量將自己磨光，
懷著必死的信念
將爭搶的麵包撕成碎片。

新的每一天，都是
更多的根，更少的生靈，
他在自己的腳下
聽到墳墓之聲。

他像根一樣
漸漸扎進地中
為了讓大地的前額
充滿麵包與和平。

像一根偉大的芒刺
這飢餓的孩子令我心疼,
他灰色的生命
攪動了我聖櫟樹的魂靈。

看見他在茬子上耕耘,
吞食著又黑又硬的粗麵包片,
他用眼睛說明自己
為什麼是桎梏的肌體。

他將犁置於我的胸中,
將生命置於我的喉嚨,
看到他腳下的耕地如此遼闊,
我是何等的悲痛。

誰來拯救這比一粒燕麥
還小的兒童?
鍛造這枷鎖的劊子手的鐵錘
出自何方的「神聖」?

人民的風／埃爾南德斯

它或許出自
短工們的心靈,
因為在他們成人之前
都曾是拉犁的兒童。

5 膽小鬼

那些人,
我看到他們
只有鬍鬚和臉面
只消耗褲子和香煙。

內心是野兔,
內臟是母雞,
他們是跑得飛快的犬,
和平時叫個不停,
大砲一響
就沒了蹤影。

這些人,這樣的野兔,
負責警報的官員,
當槍砲發出轟響
卻還在上百里遠的地方,
他們就以超乎尋常的英雄氣概
竄到公路上,
他們的屁股再也坐不住,

人民的風／埃爾南德斯

連頭髮根都發慌。
這些見不得人的垃圾
會勇敢地躲藏，
瀟灑地逃離
危險的戰場，
我早就從心眼兒裡
為他們羞臊難當。

蒼白的野兔，沒有信仰
卻有很多爪子的小獵兔犬，
除了死亡
你們還能去往何方？
難道你們不感到羞恥
請看西班牙各地
有多少女人
在這樣的威脅下毫不慌張？
膽小鬼啊，膽怯的肌膚，
空洞的心房，
每顆牙齒的射擊
都會在你們的生命中引起反響。
你們在顫抖，
就像沉浸在百年的冰霜
你們從陽光走向黑暗
心中毫無主張。

你們找到房屋
安全的地下室。
你們的恐懼向世界要求
城防部隊
鉛彈的欄杆
聳立在懸崖和溝渠的邊沿上
以保護你們可憐的生命
吝嗇的血和欲望。

西班牙高尚的血液
慷慨得發燙,夜以繼日
在卡斯蒂利亞的土地
像雨水一般流淌,
你們還是認為
自己的安全沒有保障。
你們感覺不到
流失生命的呼聲。
無論巢穴、洞窟,
還是廁所,任何東西
都不足以拯救你們的皮膚。
你們逃啊,逃啊,
當你們逃向遠方
就給了人民
充分的理由

人民的風／埃爾南德斯

向你們
逃跑的脊背開槍。

真正的人們
在獨自經受戰爭的考驗,
而你們,遠離了戰爭,
又想將恥辱隱瞞,
然而膽小鬼的色彩
卻離不開你們的臉面。

請你們占據可悲的蛛網
那些可悲的位置。
請你們代替掃帚,
用自己的臀部
清掃在所到之處
留下的腥臭之物。

6 輓歌二

致巴勃羅・德・拉・托連特政委

「夥伴啊,我將留在西班牙」,
你曾帶著愛戀的表情這樣對我講。
最終你果然留在了西班牙的草地上
無需你作為武士的雷鳴般作響的樓房。

從士兵到嚴厲的司令,
你身邊的任何人都沒有哭聲:
大家都注視你、靠近你、關注你
用具有威武的花崗岩的眼睛,
燃燒的眉毛點燃了整個天空。

巴倫丁火山[1],倘若它有一天哭泣,
流出的將是鐵的淚水,
它充滿興奮的激情
為了使埋葬你的河流更加洶湧。

---

[1] 暗指巴倫丁・貢薩雷斯,「農民」,軍事部門首長。

人民的風／埃爾南德斯

像失去了錘子的鐵砧，
曼努埃爾・莫拉爾默不作聲
樸實無華又義憤填膺。

有多少政委和司令
從你身上取下彈片
又作為戰利品為你送行。

你再也不會談論生者和死者，
你已在享受英雄的死亡，
生命再也看不到你從碼頭和街上
走過，像一道瀟灑的光。

巴勃羅・德・拉・托連特，
你已經留在了西班牙
並落進我的心裡：
太陽永遠不會從你的額頭下去，
山峰將繼承你的高度
吼叫的公牛會繼承你的勇氣。

你以一種卓越的方式
失去了親吻和羽翼
西班牙的太陽在臉上
古巴的太陽在骨骼裡。

同一個旅的戰友們
請走過古巴壯士的身旁,
狂暴的皮靴,抽搐的手,
緊握著憤怒的槍。

請看他在對土地微笑,
從他咬緊的牙關裡,要求
為我們最光榮的部隊
及其像閃電一樣的勇士們報仇。

面對巴勃羅,歲月已經停滯。
請不要擔心他的血會徒勞地消亡,
儘管時間能摧毀他巨大的骨架,
這樣的人死後會變得偉大並繼續成長。

7 我們的青年永垂不朽

他們倒下了,但沒有死,化作了巨人,
他們挺直了胸膛:
在牧草和麵包的場院,
綠蔥蔥的耕地,
昏暗的戰壕,
最光榮的墳墓上。

這青春和花朵籠罩的鮮血
將萬古留名,
用它們化作閃電的活力
使寬闊的墓穴抖動。

他們像雄獅一樣死去,
怒吼並鬥爭,
口上淌著歌曲的浪花,
心中是豪情血中是雷鳴。

前仆後繼的英雄,
從未見過失敗的面容,

洋溢著勝利的微笑，
倒在陰濕的田壟，
腳踏著跋涉的征途
頭頂著颯爽的蒼穹。

一滴純潔勇敢的水
勝過一個怯懦的海洋。

沒有清晨也沒有傍晚，
沐浴著正午燦爛的陽光
一些看似明亮的馬匹，
意味著黑暗與不祥，
將這些遍體彈痕的人們
馱向他們縱橫交錯的崗位上。

這些光輝的死亡沒有任何黑暗。
讓激情和戰鼓止住憂傷。
母親和新婚的妻子，請看那一張張
透亮的臉龐，青春永遠洋溢在嘴角上。

8 我召喚青年

十五歲和十八歲,
十八歲和二十歲……
我要在賦予我的戰火中
去完成我的年齡,
如果我的時刻
未滿十二個月就引起轟動,
我將在地下將它們完成。
我要留下的
是太陽的記憶
和勇敢者的名聲。

如果每個
西班牙青年
都有這樣的語言
回響在他們最清晰的齒間:
如果西班牙的青年,
用統一的綠色的動力,
舉起他們的棍棒,
伸展他們的肌肉

與那些妄想將西班牙

據為己有的狂徒對抗,

那將是大海

用無止境的手臂

以強有力的永恆的浪花

將清澈的人民

那幾匹糞便的馬

拋到永遠沉默的沙灘上。

倘若熙德[1]重來挖掘

那些依然在傷害

塵埃和思緒的屍骨,

他前額上的山岡,

心靈中的轟響,

那天下無敵

擦拭不淨的利劍,互相

交織的榮譽在它的陰影上:

當他看到德國人

對西班牙的企圖,

義大利人對西班牙的妄想,

摩爾人,葡萄牙人,

將沾滿無辜鮮血的殘酷

---

[1] 熙德是西班牙的英雄,史詩《熙德之歌》中的主人公。

人民的風／埃爾南德斯

和罪惡的星座
嵌刻在我們的天上,
他會跨上狂奔的駿馬,
滿懷蒼天的憤怒
橫掃敵機
像收割莊稼一樣。

在雨水的爪下,
沐浴著夜晚的露滴
和太陽的光芒,
西班牙當之無愧
對奴役英勇不屈的起義者
紮下了營帳,
光明將他們追隨,
聖櫟樹將他們歌唱。
在沉重的擔架上
一些傷員在死亡,
多麼清澈的西風
吹拂著他們的臉龐,
一縷縷曙光
將他們的雙鬢照亮。
像黃金在安歇,
白銀入夢鄉。

他們到了戰壕
並發出堅定的誓言:
「我們在這裡扎根,
休想將我們驅趕!」
死神都感到驕傲
有他們在自己身邊。

然而在漆黑的角落,
在最黑暗的角落裡,
誰在為犧牲者哭泣,
是母親,曾將他們哺育,
是姊妹,曾為他們漿洗,
是潔白的新娘
現在已穿上黑色的喪服
拖著高燒的身體;
是神智不清的遺孀,
心胸開闊的婦女,
書信和照片
表現了她們的忠貞,
多少無聲的淚水,
多少失去的嬌豔,
多少遍看又不敢看,
雙眼已看穿。

人民的風／埃爾南德斯

西班牙的陽光青年：
以英雄骨骼的細語，
度過時間
並留在它的長河裡面。
將你的骨骼撒在田野，
將力氣
撒在油橄欖
和灰色的山巒。
請在山地閃光，
讓惡人滅亡，
敢於面對槍彈，
伸展開大腿和肩膀。

青春失去勇氣，
鮮血如不流淌，
既不是青春也不是鮮血，
既不會開花也不會閃光。
出生即被戰勝的軀體，
灰溜溜地被戰勝並死亡，
哪怕能活上一個世紀
也一出生便是殘陽。

青年永遠是動力，
青年永遠是凱旋，

要拯救西班牙
就取決於她的青年。

寧願和步槍一起死去,
也不願被趕出自己的土地,
不願被人羞辱,
不願遭人唾棄,
不願在人民留下的骨灰中間,
無可奈何地被人拖來拖去,
讓我們痛苦地高呼:
啊,西班牙,我生在這裡!
啊,西班牙,我的葬身之地!

人民的風／埃爾南德斯

9 請關注這呼聲

I

大地上的民族,海洋上的國家,
世界和虛無中的弟兄:
失落和遙遠的居民,
超越視線和心靈。

我這裡有激情蕩漾的呼聲,
我這裡有戰鬥、不安的生命,
我這裡有呼聲,我這裡有生命。

請看,我像傷口一樣敞開。
我已經深入,深入
到我的人民和他的禍殃。
我負了傷,負了重傷,
血在戰壕和醫院流淌。

各國,世人,大眾,
請注意、傾聽這流血的響聲,

在你們寬廣的心中
請關注我痛苦脈搏的跳動，
因為我在歌唱時緊握著自己的魂靈。

我歌唱著自衛
並保衛我的人民，當罪惡的野蠻人
用炸藥的鐵蹄和轟鳴
將他們踩躪。

他們的作為是：像旋風一樣
將所到之處摧毀殆盡，
在他們致命的狂怒面前
遍地是武器，路上是死神。

哭聲沿著山谷和陽台流淌，
傾瀉並作用在岩石上，
哪裡有那麼多木材做棺槨，
死屍多得無處安放。

倒下的軀體排成了行。
到處是繃帶、頭巾和憂傷：
在滿地的擔架上，力量和飛翔
折斷了傷員們的翅膀。

人民的風／埃爾南德斯

血,樹上和地上的血,
水裡和牆壁上的血
血的重量會壓垮西班牙
甚至會在柵欄中,將人們
吃的麵包染紅,對此誰不擔驚。

各國,世人,大眾,
請關注這風,
它來自掙扎的醫院,
來自振顫的呼吸的口中。

請豎起耳朵
傾聽我被踐躪人民的吶喊,
傾聽無數母親的哀嘆,傾聽
無數被喪服吞噬的智者的怨聲。

請看被大山擠壓並傷害的胸懷,
既沒有乳汁也沒有姿容,
請看那些潔白的新娘和漆黑的睫毛
跌落並沉沒在午睡黑暗的夢中。

請將你們內心的激動
賦予西班牙人民,在他的雙唇
和前額上,播種不可戰勝的豪情,

敵人在無情的飛機的掩護下
每天都在可怕而又可恥地
從母親的手中奪去孩子的生命。

勞動而又清純的城市，
聖櫟樹中萌生的青年，
強壯的體魄，青銅的樹幹
加速躺倒在廢墟裡面。

化作塵埃的前途日益接近，
一個事件正在降臨：
世上事物將化為烏有
哪怕是岩石上的岩石骨頭上的骨頭。

西班牙將不再是西班牙，是無邊的墓穴，
是巨大的紅色的被炸出的墳塋：
這就是野蠻的敵人要幹的事情。

各國，大眾，世人，
倘若你們不和我的人民
以及你們的人民一道
將那些狂暴的毒牙除盡，
大地將是一顆緊縮絕望的心。

人民的風／埃爾南德斯

II

但是不會這樣:奔騰的大海,
總會勝利,總是堅定,
生來就是為了立功,為了光明,
高昂起金剛石般反抗的頭顱,
足踏著西班牙
所有屍體發出的響聲。

請關注這青年之風。
他們的血是不可玷污的水晶,
火石是他們的呼吸,桂冠在他們的頭頂。
他們牙齒的力量釘在哪裡
那裡就會冒出一座利劍構成的火山,
他們抖動的雙肩和腳跟
引導著火焰。

他們由勞動者組成:
有紅的鐵匠,白的瓦匠,
面帶豐收喜悅的拉犁者。
他們像海洋一樣流逝
在汽笛和製造工具的轟鳴
和閃光的巨大弓箭下面。

何懼死亡，這些男子漢
像盾牌一樣，用金屬和閃電
使那些嚇唬人的、顫抖的、
無聲的大砲不敢向前。

塵埃奈何他們不得，而他們卻使塵埃
突然變成了火、精華、爆炸、綠色：
他們用激情四月的威力，
催促薰衣草的魂魄，
礦山的分娩，
犁鏵豐收的運作。

他們把每塊廢墟變成一片牧場，
將悲傷化作快樂的心情，
將西班牙變成美麗的天空。
請看他們在使正午變大變美
用他們青春的勇猛。

他們無愧於雷聲的泡沫，
無愧於生命和油橄欖的綠色，
像高貴的鳥兒活動著眼神，
西班牙人平靜而又廣闊。

人民的風／埃爾南德斯

各國，大眾，世人，我這樣寫道：
西班牙青年將昂首走出戰壕，
像種子一樣不可戰勝，
因為他們有一顆高舉旗幟的靈魂，
他們永遠不會屈服於任何人。

像無畏的馬駒，像勝利地
掙脫了韁繩的公牛的身軀，
他們在卡斯蒂利亞的荒原上前進，
在他們鮮花競開的血液中
犧牲是所能做的最偉大的事情。

時間中將留下勝利者，
他們總是沐浴著陽光和尊嚴，
錚錚鐵骨的戰士
就是死也要死得勇敢：
一定要拯救西班牙的青年，
哪怕是用晚香玉的步槍
和蜂蠟的劍作戰。

10 爆破手羅莎里奧

爆破手羅莎里奧,
在你漂亮的手中,
炸藥恪守
它猛獸的本性。
誰看見她也不會相信
在她的心房
有一種晶瑩的焦慮
期盼戰鬥的彈片,
滿懷對爆破的渴望。

你的右手,
能鑄造雄獅,
彈藥之花
和導火索的夢想。
羅莎里奧,戰果輝煌,
像鐘樓一樣
高大的形象,
為敵人種下

人民的風／埃爾南德斯

憤怒的炸藥，你的手，
像一朵玫瑰在怒放。

老鷹是見證
見證了我沒說的戰功
和我所說的手
閃電似的的本性。
敵人清楚地知道
這女子的手，
如今已不再是手，因為
已沒有一個指頭會動，
它點燃了炸藥
並變成了一顆星！

爆破手，羅莎里奧，
你能像男子一樣
你是女中英雄，
是戰壕裡的浪花洶湧。
你不愧是
勝利閃耀的旗幟，
牧民爆破手們，
請看她鼓起勇氣
將炸彈拋向
叛徒們的魂靈。

11 短工們

短工們,你們在鉛塊裡
領取了工錢、勞作和苦難。
短工們啊:
彎曲又挺直的軀幹。

西班牙人啊,你們贏得了
祖國,在陽光雨露中耕種。
西班牙人啊:
飢餓但手握犁耙的短工。

西班牙,從不甘心
受挫於有害作物之花,
從一個收穫到另一個收穫:
這就是西班牙。

對聖櫟樹深深的敬意,
公牛和巨人的敬意,
荒原和礦山
深深的敬意。

人民的風／埃爾南德斯

你們用汗水和大山的活力
哺育了西班牙,
那些從未為她耕耘的人們
貪婪地窺視著她。

難道我們親手締造的財富
怯懦地任人掠去?
難道我們能放棄
自己的汗水澆灌的土地?

西班牙人,向前,沐浴著
鐵錘、鐮刀的暴風雨,歌唱,吶喊。
帶著你的前途,你的自豪,
你的工具,向前。

劊子手,希特勒,墨索里尼,
獨裁者的楷模,在製造枷鎖。
劊子手啊,讓你們
淹死在充滿蛆蟲的茅廁。

他們,他們給我們帶來
監獄、貧困和蹂躪的鎖鏈。
他們!就是他們!使西班牙
遭到破壞並陷入混亂。

滾吧,滾,搶占他國的強盜,
銀行股東的保護人,
資本及其金幣的孵化器,
滾吧!滾!

你們將在各處被拋棄
像垃圾一樣。
你們將被拋棄,
無處埋葬。

唾液將為你們裹屍,
你們的下場就是那復仇的皮靴,
對你們只有黑暗,寂靜,
棺材和唾液。

短工們:西班牙,從山梁到山梁,
都屬於雇工、臨時工和窮人。
短工們啊,絕不允許
富人將她私吞!

12 致犧牲在西班牙的國際戰士

如果有什麼人的心靈超越了國界，
世界各民族的頭髮飄散在寬廣的前額，
擁有黃沙和白雪，為地平線、航船
和山脈所籠罩，你就是他們中的一個。

祖國用它們各自的旗幟將你召喚，
你的勇氣充滿美麗的行動。
你要平息金錢豹的貪欲，
高揚著旗幟與它們的踐踏抗爭。

用各地的陽光和各地的海洋
西班牙接納你，因為在她的懷抱
你能實現樹木庇護大地的目標。

透過你的屍骨，橄欖樹
延伸著無比堅強的根
忠誠地擁抱這些屬於世界的人。

13 採橄欖工

哈恩[1]的安達魯西亞人啊,
高傲的採橄欖的人,
請你們跟我說句心裡話:
是誰培育了橄欖林?

既不是無人將它們培育,
也不是主人和金錢,
而是默默無言的土地,
還有勞動與血汗。

它們與純潔的水
和天上的星星連在一起,
這三者使彎曲的樹幹
變得如此美麗。

人們在風的腳下說道:
「起來,灰白色的橄欖」,

---

[1] Jaén 是西班牙安達魯西亞地區的一個城市,以產橄欖著稱。

人民的風／埃爾南德斯

橄欖樹舉起了手臂
帶著牢固的威嚴。

哈恩的安達魯西亞人啊，
高傲的採橄欖的人，
請你們跟我說句心裡話：
是誰哺育了橄欖林？

是你們的鮮血，你們的生命，
與開發者無關，
他只是在汗水慷慨的傷口上
擴充了自己的財產。

同樣與地主無關，
他使你們葬身於貧困，
壓榨你們的頭顱，
將你們的前額踩躪。

你們的勤勞將樹木
奉獻給日子的核心，
它們是麵包的要素
可惜只屬於他人。

油橄欖的年年歲歲，
手和腳都被捆綁，
夜以繼日地
壓在你們的骨骼上！

哈恩的安達魯西亞人啊，
高傲的採橄欖的人，
請你們跟我說句心裡話：
是誰占有了這橄欖林？

哈恩，從你月亮的石頭上
勇敢地站起，
不要帶著你全部的橄欖園，
去做別人的奴隸。

在橄欖油
及其芳香的明亮裡頭，
標明了你
和你的山坡的自由。

人民的風／埃爾南德斯

14 眼前的塞維亞

茶菊之城,愛戀之城,最秀美的城,
誰將看到你,塞維亞:
你將名字寫在塔樓的樓頂?

放縱的痛苦:
水晶之城發出嘶啞之聲。
兇猛的公牛轉過身來
吼叫,面向天邊,面向寂靜。

公牛身後,廢墟邊緣,
這座城好似生活在
陽光女人的頭髮下面,
在芬芳的頭髮上,
水晶般的城市
躺在那裡,被凌辱糟踐。

德國人可怕的皮靴
深深地踏進輕盈的茉莉,
壓在飄舞的橘樹上:

這是一位將軍的皮靴,
他爛醉如泥,
語無倫次,鬍子
像亂七八糟的鐵絲一樣。

看吧,聽吧:牢門鏗鏘作響,
枷鎖銬在手上,恐怖
閃爍在眉間,晾台上是喪服,
塞維亞人中間是死亡。

憤怒凝滯在臉上,
麻繩前是破碎的肌體,
眼淚藏在花盆裡,
人民在嘶啞的吉他聲中窒息。

被激怒的骨骼,被砍斷的跟腱,
被壓迫者發出了呼叫,
將它們摧毀的
是暴徒手中的屠刀。

百合花,風流倜儻,
被烏雲遮得暗淡無光:
青年,塞維亞的天空,

人民的風／埃爾南德斯

斷頭台和監牢斬斷了呻吟的哀鳴。

夜鶯的喉嚨被塞住,愛神木
一片荒蕪,日子被玷污,
柵欄在顫抖,在死氣沉沉的
院中,噴泉被斬首。

既明朗又憂鬱的塞維亞女人,
她們的命運何如?
像凋零的手帕和瓷瓶
在墓穴旁被姦污。

四月的居民用愁煩
和石竹壓迫窗櫺。褪了色的白灰
被人體紅色的汁液浸染。

瓜達幾維河[1]啊,請等一等:
不要沖走那麼多的塞維亞人!

在公牛之城只有悲慘的耕牛,
在五月之城只有灰色的冬天,

---

[1] 安達魯西亞最重要的河流,從塞維亞穿城而過。

215

在河流之城
只有腐爛的血在流淌；
在飛翔之城
只有卑鄙的角而沒有了翅膀。

軟弱而又糊塗的刀劍，
與糊塗的耕牛為伴，
它們在姑娘的永恆之城
和小夥子的瀟灑之城爬行。

茶菊之城，愛戀之城，最秀美的城，
塔樓上有著崗亭，
塞維亞：誰將看到你的身影？

我將看到你：我來自卡斯蒂利亞，
來自卡斯蒂利亞的土地，
塞維亞的血液在召喚我
來到這油橄欖的安達魯西亞，
春天已將她熔鑄在康乃馨的花朵。

我帶著人民的騎士
和駿馬颳起的戰鬥的暴風，
他們在莊園、碉樓和橄欖林之間
為魔鬼敲著喪鐘。

向前,安達魯西亞,
向著塞維亞,將那罪惡的皮靴撕破:
讓塞維亞人民在摔碎酒瓶的轟響中
找回自己的歡樂。

15 灰色的墨索里尼

到瓜達拉哈拉來吧，
鐐銬的暴君，掐斷歌聲的老虎鉗：
你將看到你的鬣狗們抱頭鼠竄，
看到它們驚恐不堪。

遍地蜂巢的省份，
蜂群激蕩的故土，
甜蜜的阿爾卡利亞[1]，對你而言
卻像哭泣一樣酸苦。

來吧，殺戮的匪徒，
你會看到，你的軍旗，
你的大砲的車輪，
無數的白骨，士兵的軀體，
被撕破的心臟和軍衣。

---

[1] 西班牙的一個地區，包括瓜達拉哈拉、昆卡和馬德里等省份。

人民的風／埃爾南德斯

無數冒著熱氣的屍體：
死在山坡前，
積雪下，
橡樹旁，
大雨中，
廣闊的荒原上。

血不再流淌
已經化作了冰霜。

一隻沒有羽毛的和諧的翅膀在飛行，
鮮紅而又勇猛，遮住了整個天空，
為每個義大利人挖開一個爆炸的墳塋。

西班牙的戰機，
巨人的飛行，
充滿渴望的羅網，
用威武的牙齒，
將你粉碎，將你戰勝。

來吧，你將看到在暗淡的耕地上
宛似光榮的火花，
從泥土中崛起，戰勝飢餓，
滿懷激動與豪情離開了泥土，

屹立起不知疲倦的生動的雕像，
青銅造就的最慷慨的西班牙人民，
鬢髮似晨露結成的白霜。

你將看到他們在抵抗嚴寒，
沒有水飲，口舌發乾，
用微笑戰勝乾渴：
睜大從未閉上的雙眼，
襯衣多處被槍彈洞穿。

你儘管派來
大量的槍砲和鉛彈，
你這屠夫的志向
就該被最骯髒的唾液埋葬。

你儘管耗盡義大利的財富，
耗盡它寶貴的人力資源，
給它留下空洞的居室，枯竭的礦山，
荒廢的犁杖，寂寞的車間。

你可以讓義大利的女人流血並成為寡婦：
但絲毫奈何不得我的人民，
他們高昂著頭顱，如此堅韌，

連燈心草都會變成堡壘，
威風凜凜，哪怕面對死神。

義大利人民，有一個人在毀掉你：
請用無限的行動將他的意旨拋棄。

請讓你團結一致的血流淌，
不要擦過他裝腔作勢的花崗岩的心臟。
你的死者們聲勢浩大地沉默無言
在指示你發出
自由、勇敢的吶喊。

製造斷頭台的暴君，你必將死在
你的人民和千萬人的牙齒下面。
你的大砲已對準你的士兵，
多少支步槍伸向了你
裝滿你想射向西班牙的子彈。

讓你的死者起來唾棄我們：
讓我們的死者同樣唾棄我們的靈魂
倘若不能讓我們活著的人們歌唱
這麼多邪惡枷鎖的滅亡。

16 手

兩種類型的手在生命中對抗,
它們心裡生,臂上長,
又抓又打,跳盪
並匯入受傷的光芒。

手是心靈的工具,心靈的訊息,
手是身軀戰鬥的肢體。
和我同根同種的人們,
請高舉雙手,並在大風浪中搏擊。

迎著曙光,我看見純潔的手,
它們屬於農民與海員,
就像清晨的指頭
和快樂的牙齒構成的春天。

堅忍不拔地大汗淋漓,
從破裂的指甲起就熱血沸騰,
使空中充滿了腳手架、
閃電、水滴與喊聲。

人民的風／埃爾南德斯

引領著鐵器、鋤頭和織布機，
咬著金屬、山岡，抓著斧頭、聖櫟樹，
即便在海上，只要它們想做
也能建設起工廠、礦山和村落。

這響亮、暗淡而又閃光的手，
覆蓋著一層不可戰勝的老繭，
它們是生命和財富
慷慨的、取之不盡的源泉。

如同塵埃與天體搏鬥，
恰似星球與蠕蟲交鋒，
這明亮的勞動的手
與另外的手抗爭。

血腥匪徒的殘酷的手，
傍晚的天空沉沒時開始進攻，
那青紫色骨頭的貪婪的手，
是一道殺人兇犯的場景。

沒有聲響：不會歌唱。指頭懶散，
默默地揮舞，握緊，伸展。
既不編織絨布，也不搖動樹幹，
因無所事事而變得綿軟。

它們握著十字架卻將財寶侵吞，
這些財寶只屬於創造者，不屬於他人，
它們無聲的黃昏
耗盡了朝霞豐富響亮的彩雲。

匕首的驕傲，轟炸的武器，
帶著聖杯，罪惡和每個指甲上的屍體：
那些黑色欲望的蒼白的實施者
極度的貪婪將它們駕馭。

誰會清洗這些伸向水邊的骯髒的手，
它們在將水染紅、玷污、毀掉？
誰也不會將它們清洗，
它們在愛中熄滅，在匕首上燃燒。

勞動人民勤奮的雙手
會讓牙齒和利刃落在你們手上。
多少開拓者將在自己的膝蓋
看到你們的手被砍傷。

17 汗水

水在海洋裡找到了它渴望的天堂
而汗找到了它的羽毛、前景和轟響。
汗水是一株發鹹、放縱的樹，
是一陣如飢似渴的波浪。

它來自世界最遙遠的時代，
向大地將激盪的水杯獻上，
一滴一滴地滋養乾渴
和鹽，將生命照亮。

運動之子，太陽的表弟，
淚水的兄長，從四月到十月，
從冬到夏，讓金黃的莊稼
滾動在打穀場。

當農民黎明即起，
用犁杖攪動田野的安詳。
沉靜的汗水浸濕
沉靜、金黃的衣裳。

勞動者金黃的衣裳，
是雙手也是雙眼的飾物。
腋下的雨，它那強烈的氣息
在大氣中散布。

土地的氣味在豐富並成熟：
辛勤、芳香的淚雨在落下，
這是我額頭的飲料，
是男子漢和農業的嗎哪[1]。

從未出過汗的人們，沒有手臂、
沒有音樂、沒有毛孔，僵硬、懶散，
你們永遠不會有張開的毛孔
和公牛力量的王冠。

你們將活在齷齪裡，死在窒息中：
燃燒的美存在於足跟，
身體促使四肢勞動
宛似星座的運行。

夥伴們，讓額頭投入勞動：
讓汗水用芳香結晶的劍，

---

[1] 《聖經》中天賜的食物。

用它緩緩的洪流,使你們
變得幸福、平等、透明。

18 快樂的誓言

在紅白相間的西班牙紅色的國土上,
潔白並閃著磷光,
塵埃的歷史在落葉,
噴湧出一輪統一的太陽。

一支春天的騎兵,
沐浴著四月的輝煌,
使四面八方洋溢著奔馳,
這是太陽快樂的武裝。

吞噬的白晝,枯萎的花莖,
悲傷在消亡,
當馬背上的快樂在飛翔,
摧枯拉朽的火焰,
像久經戰火的旗幟在飄揚。

它經過時,鐘表停擺,
蜂群、孩子們欣喜若狂,

人民的風／埃爾南德斯

更多產的腹腔，更充盈的糧倉，
蜥蜴能起舞，石頭會跳盪。

大路變得像寶石一樣，
成熟的莊稼和其它轉瞬即逝的景物
使地平線變得渺茫，
柏樹林感到舒暢。

快樂在前進，跨過了山岡
人口在前進，像盾牌一樣。
在赤裸的牙齒如注的口水面前
蛛網墜落下來，笑聲直衝而上。

快樂是心靈的家園，與大海為伴，
大海用吼聲侵犯男人，
用項鍊咬住女人，
對皮膚用的是受折磨的閃電。

被蟲蛀過、被憂傷壓倒的人們，
終於使你們歡樂開懷：
脫離了活生生的棺材，
從雙腿間伸出了頭，
就像從快樂中直衝下來。

快樂的動物,
山羊,鹿,馬駒,成群的母馬,
女人們在高興的男人面前
成婚。歡笑著分娩,
在肌膚上展開一片片藍天。

一切都是激動的誓言。
燃燒的公雞,蟬,葡萄園,
南方的樹木:柑橘和仙人掌,
無花果、棕櫚和石榴,
正午時分,將糧食曬乾。

水在黑莓園中破碎:
眼淚不會將任何東西摧毀,
芒刺和弓箭都不會痛苦,
用渴望豐收的嘴,
向所有的過路人喊著「乾杯!」

世界有另一張面孔。遙遠的東西
正靠近,在口和手臂的人群裡。
死亡像一件破舊家俱,
像一把白色破碎的座椅。

人民的風／埃爾南德斯

我擺脫了哭泣,置身在西班牙,
在一座火性男人的廣場。
我知道悲傷會腐蝕、攪亂、損害……
我認真地快樂,像油橄欖一樣。

19 一九三七年五月一日

不知是哪裡埋伏的大砲
從下面射出了康乃馨，
也不知哪裡來的騎兵
緩轡穿行，使桂枝香氣襲人。

留種用的戰馬，
激動的公牛，
宛似將銅與鐵熔為一爐，
從各方的鬃毛後面，
從蒼白馴服的項鈴後冒出。

五月令畜牲躁動：
戰爭更富激情，
在武器的後面，耕犁呼嘯，
花兒沸騰，太陽轉動。

連屍體都會如痴如瘋。

人民的風／埃爾南德斯

五月的勞動：
農事攀上頂峰。

一把鐮刀宛似一道無限的閃光
出現在一隻黝黑的手上。

哪管戰爭瘋狂，
口中依然是歌聲嘹亮，
玫瑰園發出沁人的芬芳，
因為它不懼怕大砲的轟響。

今天是更憤怒和強悍的五月：
流淌的鮮血將它滋養，
青年的行動化作激流
閃爍著五彩繽紛的光芒。

我祝願西班牙有一個付諸行動的五月，
像一個永遠充實的打穀場。
第一棵樹是它開花的油橄欖
最終不再有鮮血流淌。

今天西班牙沒開犁，將來會全都補上。

20 戰火

歐洲著火了,大火已經點燃:
從俄國到西班牙,從一端到另一端,
大火裏挾著木建築
帶著憤怒和不可一世的威嚴。

火堆摞著火堆,
摧毀的火光在奔忙,
熾熱的旗幟在飄舞,
勝利的火焰燃燒在不幸的西方。

它深入並淨化城市,
吹拂並照亮摩天大樓,
推動、啃咬、摧毀一座座雕像,
無數腐朽的建築在燃燒
像輕飄飄的手帕,
黑夜在停滯,白晝在延長。

飛機和渴望的暴風雨
正掠過大地。

人民的風／埃爾南德斯

列寧的身影在伸展,
閃著紅光,前進在天上,
在草原漫延,在山區跳盪,
收拾、封閉、親吻所有的創傷,
壓倒一切貧困和淒涼。

像一輪製造月食的太陽,
像一顆擴張並收縮的心臟,
像大海裡的珊瑚
展開在四面八方的血塊上。

這是愉悅嗅覺的芬芳,
這是在礦山回響的歌唱。

西班牙的聲音,在清晨
的篝火中充滿列寧的肖像。

在被毀滅的人們的洪流下,
西班牙在自衛
用燒毀一切腐朽的士兵。
在被玷污的庇里牛斯山
擴展她的篝火,燃旺她的火焰
為了和俄國一起,緊縮光明的包圍圈。

人民的風席捲著我：聶魯達等國際詩人反法西斯詩選

21 丈夫士兵之歌

我在你的腹部播下愛和種子，
延長我回答的血的回聲
在隴上如同在犁上一樣期待：
我抵達了底層。

塔樓上黝黑的女子，高高的眼睛
和光芒，我肌膚的妻子，生命的瓊漿，
你瘋狂的乳房向著我生長
像懷孕的母鹿一樣跳盪。

我覺得你是脆弱的水晶，
我擔心最輕微的摩擦也會將你碰傷，
我要使你的血管變得堅強
用我士兵的皮膚，它就像櫻桃樹一樣。

我肌體的鏡子，支撐我的翅膀，
我將生命獻給你，有人要我死，那是休想。
老婆啊，老婆，我愛你，
儘管被子彈包圍，被子彈渴望。

人民的風／埃爾南德斯

在潛伏的殘酷的棺材上,
在那些無可奈何又無墓穴的死者身上
妻子啊,我愛你,即使在塵埃中
也要吻你,用整個的胸膛。

在戰場上,我心中會思念你,
不會冷卻也不會放鬆你的形象,
你像一張飢餓的大口
在靠近我的身旁。

請給我寫信,感受戰壕中的我:
我堅定地想著你的名字,緊握步槍
保衛你那盼望著我的可憐的腹部,
保衛你的兒郎。

我們的兒子將緊握拳頭誕生,
伴隨著凱旋和吉他的呼號,
我將把士兵的生命置於你的門前,
沒有犬牙也沒有爪。

為了繼續生存才不得不殺人。
有一天我會沐浴你遠方長髮的陰影。
我將睡在漿洗考究的床單上
那是你親手所縫。

分娩時你不安的雙腿挺得筆直，
你不安的口，有著桀驁不馴的雙唇，
面對我爆破與豁口構成的孤單
你在一條狂吻的路上流連忘返。

我此刻煅造的和平是為了兒子。
在無可挽回的屍骨的海洋裡
你和我的心終將倖免於難
一對被親吻消耗的男女將留在人間。

22 西班牙農民

度過了六月
穿過了西班牙和鮮血，
我將舌頭抬起
高聲呼喚你。

要死的農民，
躺在地上的農民，
土地感到
你沒吞噬德國人，
你沒啃咬義大利人：
掙扎的西班牙人
被無恥的桎梏
在脖頸打上了標記，
你背叛了
捍衛麵包的人民：
為時未晚啊，西班牙人，
醒來吧，農民。

監獄和鐐銬,
監獄和牢房,
囚禁和禍殃,
煎熬,饑荒,
你保衛的
僅僅是這些勾當。
你兒女的沉淪,
你父母的詛咒,
你彎下脊柱
向血腥的劊子手低頭,
你將自己的土地糟踐,
你使自己的小麥丟臉,
農民啊,醒來吧,
西班牙人啊,還為時未晚。

罪惡的隊伍,
野獸的心,
塵土的獨裁者,
殘酷的暴君,
人民的力量
使他們退向墓地,
墳墓打開又封閉
人民鑄造了真理。
以火的速度,

人民的風／埃爾南德斯

神奇地前進，
一支鐵軍
收割著巨人，
將他們拖入塵埃中，
塵埃也會將他們蕩盡。

沒有人能圍困生命，
沒有人能圍困血漿，
當它們握住自己的翅膀
並將它們釘在天上。

這樣的肌肉
有快樂和力量
像火山的泉
深沉而又響亮。

我們將是勝利者，
因為我們是「巨人」
面對子彈微笑
高呼著「前進！」
小麥的茁壯，只在這裡
燃燒並散發清馨。

你們什麼也不是，

只屬於死亡。
我們屬於生命，
屬於樹木的芬芳。

擺脫那致命的獠牙，
我們勝利在望，
我們將自由飛翔
在無數的羽翼上，
居高臨下的前額，
盛氣凌人的目光，
你們將被戰勝
像那些屍體一樣。

醒來吧，農民，
西班牙人啊，為時未晚。
我們在等著你
到西班牙這邊：
你的身體和土地
便不會被侵略者吞占。

23 熱情之花[1]

我將像鳥兒那樣歌唱著死去，
在萬物持久的光明上
披著羽毛和堅毅。
柔軟的坑穴收容歌唱著的我，
靈魂舒展，轉過頭來
面向美麗中的美麗。

一位女性宛似孤獨的草原，
鋼鐵和生靈居住在其間，
在這個美麗的城市，
從浪花裡崛起並穿越波瀾。

這位受傷的西班牙女性
讓人想親吻她的雙足和笑容，
她體現著國喪的表情，
還有她匆匆踏上的土地
似乎這土地包容在她的腳步中。

---

[1]「熱情之花」是人們對前西班牙共產黨總書記伊巴露麗的暱稱。

她的骨骼如同鮮花盛開的杏樹，
烈火從那裡將她點燃，將她滋養，
並且在燃燒、激勵、增長。

在她的腳下，最冰冷的灰燼也會烈焰萬丈。

慷慨世家的巴斯克女性：
聖櫟，岩石，生命，高尚的草，
生來就是為了成為一位英雄的妻子，
生來就是為了引導風的方向。

只有山能將你支撐，
你雕在多情的樹幹，
刻在葡萄園的太陽。
由於看見了你並聽你演講
礦工發現了默不作聲的巷道
並通過大地將它們帶到你的手上。

你的手指和指甲像煤炭一樣，
甚至威脅著星球之火
因為你的話語中滲透著血
血在留下的痕跡中閃著磷光。

你的雙臂在吶喊

人民的風／埃爾南德斯

當它們與風接觸會化作波浪：
你的胸膛和血脈忍無可忍
因為有那麼多的荊棘，
那麼多的苦難，
那麼多的禍殃。

鐵匠們伴隨打鐵的鏗鏘將你歌唱，
牧民的手杖寫著「熱情之花」，
漁民用親吻將你畫在白帆上。

昏暗的中午，
解脫並已變得高大的女性，
溺水並已受傷的雌羚
能分辨出你熾熱的呼聲，
蠟炬之源放射的光明。

用炙熱的石灰之火燃燒，
用礦井之口說話，
女人，西班牙，無限的母親，
你能將明亮的星星生產，
用一聲吶喊，就能將烈火點燃。

老虎和獄卒失去了惡行和陰影。

西班牙用你的聲音說話，這是山巒的呼聲，

這是被剝削的窮苦人的呼聲，

渾身是棕櫚樹的英雄們在成長

飛行員和士兵，犧牲時向你致敬。

傾聽你的震顫宛似沐浴

正午驕陽的鐵砧和蟬，

西班牙的男子漢出了門口

去經受苦難，馳騁在六弦琴的平原。

你將會興高采烈地燃燒

在橄欖樹陰暗的弧形，

在唯恐超越你生命的時間上

像一位盲人，在一座

宛若老邁眼眉的橋下，

將受到傷害而又無能為力的琴弦奏響。

你雕鑿的力量

將滿懷激情地永放光芒。

那被監獄咬住的傢伙

他的啼哭將在你的秀髮中消亡。

24 歐斯卡迪[1]

義大利和德國張開了
被蟲蛀過的污濁的篷帆，
巢穴裡最黑的蜘蛛
收集、播撒弔喪的白布。

他們跌倒在西班牙，而西班牙沒有倒下。

西班牙並非一個穀粒，
也不是一座、兩座、三座城池。
在西班牙領土上拋撒
罪惡的手，休想遮天蔽日。

侵略者的船隻不能吞沒海洋，
只要還有一棵樹，森林就不會消亡，
一堵牆永存在一塊磚上。
只要還有一個人似鋼刀般屹立，

---

[1] 西班牙北部巴斯克人聚集地的統稱。

西班牙就會前進、戰鬥、拚搏,
對背信棄義的倒行逆施進行抵抗。

只要還有一點就能贏回全盤。

只要有一個西班牙人活著
憤怒地揮舞利劍,
西班牙會滅亡?純屬謊言!

請看,發生的情況不是相反,
而是對未來承諾的樂觀,
廣闊的前景已在那裡閃現。
鋼鐵沒有退縮,
青銅的顏色和堅硬依然,
無論怎樣的打擊,岩石都不會變軟。

我們不是一個人,而是千百萬,
也不是一顆心在唱:「我是一堵牆!」
而是無數的心靈在歌唱。

我不知多少獅子倒在了歐斯卡迪
一座城市被侵略者變成了廢墟。
它寂靜的氣氛鼓舞著我們,

人民的風／埃爾南德斯

它的勇氣在我們的胸中成倍地增長，
傳遍了西班牙的四面八方。

身披勤勞的大海
那自由之光的人們，
不要哭，現在不是哭的時候。

誰要是停下來哭泣，誰若面對
沮喪的可惡的岩石唉聲嘆氣，
誰要是不投入戰鬥，
就只會被征服，絕不會勝利。

西班牙人啊，奮起
收復失去的一切。
只有時刻高呼：我必定勝利！
才能立於不敗之地。

即使只有一顆穀粒給我們留下，
我們也要用它拯救西班牙。
勝利是一團火，照耀我們的臉龐，
它來自遠方那越來越近的山岡。

25 曼薩納雷斯河[1]的力量

誰也不能扼殺我這青銅的吶喊：
誰也不能腐蝕我這青銅的喉嚨。
即便是寂靜也不能
廢除這激情與號角刻不容緩的和聲。

這聲音經過淬煉的烈火，
在苦難的青銅裡揉搓，
我帶著它走到橄欖樹的門口，
在橄欖林中留下訴說……

曼薩納雷斯河，
戰士抵禦刀槍的衣裳，
用子彈與河岸織就，
掛在它燈心草的青春上。

---

[1] 曼薩納雷斯是哈拉馬河的支流，流經馬德里，長約 83 公里。共和國戰士曾在此與佛朗哥的軍隊激戰。

人民的風／埃爾南德斯

今天是一條河，從前並非這樣：
只是一粒細微的金屬，
只是一片沙灘，幾乎不能流淌，
沒有前途也沒有榮光。

今天這是一道水的戰壕
無論何人何物都不能使它縮小，
在同一個太陽被挖掘的肌體上
簡直像閃電一樣。

小小的曼薩納雷斯河
當之無愧，是海洋中的海洋。

無論你開多少槍，都傷害不了
這成長的河，這大海，這時間，這太陽。

啊，馬德里的河，我曾
保衛你人群的水流
與河邊的城，那是一座
璀璨奪目的寶石的山峰。

戰士退出了戰鬥，
或許累了，但決不會屈服。

一隻英雄的蟬在邊上,
而口中有另一隻在為他歌唱。

獠牙和爪去了何方?

鬣狗無法通過
無論它多麼想。

馬德里,以一貫的高度,
在鬣狗面前巍然屹立。

面對馬德里與這條小溪
一座沙塔垮了下去。

「馬德里將是你的墳墓」,
所有的牆壁都寫著這樣的標語。

有人為這喊聲挖好了墓地。

那永不枯竭並日益豐富的水脈
將使曼薩納雷斯河增長。

伴隨戰鬥和衝擊的力量,
在構成傷口的支流下
增長的河水在增長。

人民的風／埃爾南德斯

紅色、熾熱的曼薩納雷斯河
流向並匯入海洋：
除了塔霍河與大海，它也在澆灌
工人為希望而拚搏的地方。

馬德里，受它的澆灌，從陽台
和憂傷的後面，猛撲向前，
鐫刻在遠方的紅寶石上
它的牆壁越來越鮮紅耀眼。

黑楊林為戰士們
豎立起綠色的紀念碑，
解放了的骨骼的光線
快樂地奔向醫院。

馬德里之魂四方傳遍，
曼薩雷斯河向無限凱旋，
書寫在時間的味道裡，
響徹在歷史的字裡行間。

（選自《米格爾·埃爾南德斯詩歌全集》）

譯後記

　　有人說，詩歌是不可譯的。這話有一定的道理，但不全面。應當說，詩可譯，又不可譯。一般說來，內容是可譯的，形式是不可譯的。我說的是西漢或漢西翻譯。詩的內容可譯，但不容易。尤其是抒情詩，因為它不同於敘事文學，後者有情節，有故事，有邏輯性，抒情詩，尤其是現代派或先鋒派，沒有情節，沒有故事，甚至沒有邏輯性；它靠的是意象，是比喻，是豐富的想像力；譯者很難吃透原詩的內涵，翻譯起來自然就不容易了。就我個人的體會而言，理解原詩，很重要的一點是「設身處地」，是「進入角色」，是體會原詩作者在彼時彼地的情感和心態。這樣，離原詩的內容總不會太遠。譯詩與原詩，只能「似」，不可能「是」，譯者的最高追求無非「最佳近似」而已。

　　如上所說，詩的形式一般不可譯（當然，「硬譯」也不是不可以，但往往事倍功半）。漢語是表意的方塊字，每個字都是單音節，有四聲變化；西班牙語是拼音文字，每個單詞的音節數目不等，可以長短搭配，加上重音，可以產生鮮明的節奏，但沒有漢語四聲變化。就西班牙語而言，它只有五個母音（a、e、i、o、u），韻腳比較單調，因此現當代詩歌多採用自由體，

重節奏而不再押韻。而漢語呢，幾乎是「無韻不成詩」，即便是自由體，也要大體押韻。否則，很難為大多數讀者所接受。

既然詩歌形式不可譯，而譯者又要把它譯成詩（當然是漢語詩），就要進行「二度創作」了。所謂「二度創作」，即不是自由創作，「帶著鐐銬跳舞」之謂也。

這只是我個人對詩歌翻譯的理解。有人可能認為，只要把原詩的意思一五一十地譯出來就可以了，「意境」譯出來就行了。既然節奏、韻律是不可譯的，何必管它呢。我個人認為，那樣做，只是翻譯，而非詩歌翻譯。

自嚴復提出「信、達、雅」以來，不斷有人對文學翻譯提出各種各樣的標準。諸如「形似與神似」、「表層含義與深層含義」以及「化」的理念等等。但我認為，這些都是對譯作的要求。至於如何達到這樣的要求，卻沒有也難以提出具體的方法，因而不具可操作性。翻譯本身是一項個人的腦力勞動，勞動成果的好壞取決於譯者譯入語和譯出語水準的高低。水準高的譯者對原詩有透徹的理解，然後又能用準確、鮮明、生動的語言來轉述原詩的內容，同時還要關照原詩的風格與神韻。不同的譯者具有不同的特點，這就是為什麼「十個譯者會譯出十個不同的莎士比亞」來。但如果都是高手，譯出的都應是莎士比亞。因此，我認為，詩歌翻譯的水準，一般只是相比較而言，總有待完善之處。沒有最好，只有更好。

聶魯達、巴略霍、紀廉、阿爾貝蒂、米格爾・埃爾南德斯都是西班牙語乃至世界詩壇的著名詩人，也都是我多年來重點研究和翻譯過的詩人。他們中最年長的巴略霍生於1892年，最年幼的米格爾生於1910年，他們都是關心民眾疾苦和人類命運的詩人，因而都參加了西班牙的反法西斯戰爭。在此還有兩點要說明：

人民的風席捲著我：聶魯達等國際詩人反法西斯詩選

一、在選譯的詩人中，聶魯達並非年齡最長，為何將他放在首位？這主要是因為他和西班牙反法西斯戰爭的關係更為密切。從戰爭爆發（1936年6月）伊始，聶魯達就堅定地站在西班牙人民一邊，參加了保衛共和國的戰鬥。正是由於這個原因，智利政府要他離職。詩人懷著極大的憤怒與痛苦回到了自己的祖國。1937年他發表了詩集《西班牙在心中》，然後又奔走於巴黎和拉美之間，呼籲各國人民聲援西班牙人民的反法西斯鬥爭。1939年3月他又被智利政府任命為駐巴黎專門負責處理西班牙移民事務的領事，他竭盡全力營救集中營裡的共和國戰士，使數以千計的西班牙人來到拉丁美洲。

二、為何要將奧克塔維奧·帕斯的那首詩附在書後。這是因為中國作協詩歌委員會主任、詩人吉狄馬加在為拙譯寫的序言中，專門提到了帕斯，這使我立刻想起這首《致一位犧牲在亞拉岡前線的戰友的輓歌》。其實，寫西班牙「內戰」的詩作還有很多很多，很抱歉，只能「掛一漏萬」了。

大詩人的作品一般都是雅俗共賞的，不會太難懂，更何況這裡收錄的都是反法西斯的詩歌，是名副其實的政治抒情詩。應該說，在翻譯這些詩人的作品時，一般不存在多少理解問題，其中比較難懂的是塞薩爾·巴略霍。好在難懂的不是這部詩集，而是《特里爾賽》。這部詩集不大，作於1919至1922年間。和《尤利西斯》和《荒原》同一年出版（1922），也同樣具有劃時代意義。首先，詩集的名字就令人難解，「特里爾塞」（TRILCE）是詩人杜撰的新詞，TRI與TRES（三）相關，它體現了詩人對事物除同一性、二重性以外的第三極思考。整個詩集以人的孤獨、無助為基調，表現在非正義的社會中，人類所遭受的重重苦難。一般學者認為：TRILCE是由TRISTE（痛苦）的詞頭和DULCE（甜蜜）的詞尾合成的。書中的詩沒有標題，只有羅馬數字。在這些詩句的迷宮中，讀者沒有任何嚮導，

譯後記

同時也就沒有任何約束,可以充分發揮自己的想像力。我在翻譯《巴略霍詩選》時,選譯了《特里爾塞》中的二十首。每逢遇到難懂之處,便向外國友人請教,但得到的回答往往是:「確切意思,我也不清楚,就按字面意思譯吧,英文譯者就是這麼譯的。」按字面意思譯,是不得已而為之,是譯者最不願意做的事情。因為如果你自己都弄不明白,如何叫讀者明白呢?「以其昏昏,使人昭昭」是不行的。巴略霍的作品之所以在我國得不到廣泛的傳播,與其難以理解不無關係。本書中收錄的這部詩集,書名的翻譯就非琢磨不可。直譯應為《西班牙,讓這杯離開我》。這句話在模擬《聖經》中的《馬太福音》。《聖經》中是這樣說的:他(耶穌)俯伏在地禱告說:「我父啊,倘若可行,求你叫這杯離開我;然而,不要照我的意思,只要照你的意思。」(在《馬可福音》和《路加福音》中亦有此話,譯文大同小異)。《聖經》中的「杯」指的是耶穌即將遭受的苦難,而巴略霍所說的「杯」,顯然是指西班牙人民遭受的苦難。譯作《西班牙,請拿開這杯苦酒》,無非想既關照語言的表層結構,又考慮詩句的深層含義,還要讓讀者容易接受。一個標題,尚且如此,具體到每一句詩,同樣如此。在此,我想告訴讀者:如果您覺得這些詩不像詩,乃譯者問題,非詩人之過也。

記得聶魯達曾說:當法西斯的第一批子彈射中西班牙的六弦琴,流出來的不是音符,而是鮮血。西班牙的反法西斯戰爭雖未取得勝利,但烈士們的鮮血不會白流,國際縱隊的偉大精神,人們會永遠銘記。值此紀念反法西斯戰爭勝利八十周年之際,謹以這本詩集向全世界的反法西斯戰士表示崇高的敬意,願公平、正義、和平的旗幟永遠高高飄揚。

趙振江
2025 年 6 月 22 日

附錄一　致一位犧牲在亞拉岡前線的戰友的輓歌（奧克塔維奧・帕斯）

1

同志，你犧牲在
世界火紅的黎明。

你的目光、你藍色的英雄服、
在硝煙中吃驚的面孔，
還有你那沒有觸覺的雙手
正從你的犧牲中誕生。

你死了。無可挽回地死了。
聲音停滯，鮮血撒在地上。
土地若不把你頌揚，怎麼會生長？
血液若不將你呼喚，怎麼會流淌？
我們的聲音若不表明你的犧牲、
你的沉寂和失去你的無言的痛苦，
怎會有成熟的力量？

歌頌你，
為你哭泣，
呼喚你，
將聲音賦予你破碎的身軀，
將雙唇和自由賦予你的沉寂，
這一切同樣會在我的身心中成長發育，
其他的身軀和名字，
其它驚訝的土地上的眼睛，
其它詢問之樹的眼睛，
會憤怒地歌頌我並為我哭泣。

2

我記得你的聲音。
「山谷」的光輝撫摩我們的雙鬢，
一把把閃光的劍將我們刺傷，
將黑暗照亮，
舞蹈的步履，雕像的寧靜，
空氣那膽怯的暴行
迷漫在頭髮、雲霧、軀體和虛無中。
光的波濤清晰、空洞，
像玻璃一樣，將我們的渴望燃起，
純潔的火，默默無聲，
將我們沉入緩慢、呼哮的旋風。

我記得你的聲音，你堅毅的神情，
你雙手的姿態凝重；
我記得你的聲音，
挑戰之聲，敵對之聲，
純潔的仇恨之聲，
你慷慨的前額恰似太陽
你敞開的情懷猶如廣場
肅穆的翠柏在那裡矗立，
青春的泉水在那裡蕩漾。

你的心，你的聲音，你充滿活力的拳頭
都被死神扣留並毀在手上。

3

同志，你犧牲在
世界火紅的黎明。
你死的時候，你的世界，
我們的世界，正旭日初升。
透過嘴角不屈的神情，
你的胸膛，你的眼睛
帶著清晰的微笑、純潔的黎明。

附錄一

我想像著你困在彈雨中，
義憤填膺、仇恨重重，
如落下的閃電
和流水──被鎖在岩石與黑暗中。

我想像著你躺在泥濘中，
毫不掩飾，帶著笑容，
失去了知覺，卻還在
撫摩你夢中戰友的雙手。

你犧牲在同志當中，你為了同志而犧牲。

附錄二　本書詩人生平與創作年表

一、聶魯達

1904　出生於智利帕拉爾。（7月12日）

1910　進入特木科中學。

1915　寫作了第一首詩，獻給繼母。

1917　第一次發表文章。

1920　結識加夫列拉・米斯特拉爾（Gabriela Mistral）。確定以巴勃羅・聶魯達為筆名進行創作。中學畢業，到聖地牙哥尋找大學。

1921　進入大學學習。詩歌《節日之歌》獲得智利學生聯合會主辦的詩歌比賽一等獎。

1923　第一本詩集《晚霞》出版。

1924　《二十首情詩和一支絕望的歌》出版。

1927　第一次擔任領事，派駐仰光。

1930　第一次結婚，在爪哇，與瑪麗亞・安東涅塔・哈格納爾。

1931　結束在東方的領事生涯。

1932　回到智利。

1933　《大地上的居所》出版。任布宜諾斯艾利斯領事。認識加西亞・洛爾卡。

1934　任巴塞隆納領事。由加西亞・洛爾卡介紹,在馬德里大學舉行詩歌朗誦會,並作演講。認識黛麗亞・德爾・卡莉爾。

1935　任馬德里領事。西班牙出版《西班牙詩人向巴勃羅・聶魯達致敬》。《大地上的居所 II》在西班牙出版。

1936　西班牙內戰,開始寫作《西班牙在心中》。被免去馬德里領事一職。與第一任妻子分居。與黛麗亞結合。

1937　在法國成立支援西班牙委員會。回到智利。《西班牙在心中》第一版出版。

1939　任智利駐法國負責西班牙移民事務的領事。部分西班牙流亡者乘坐「溫尼伯」號離開歐洲,到智利生活。

1940　《巴勃羅・聶魯達的詩歌與風格》出版。任智利駐墨西哥總領事。

1943　領事生涯結束。

1945　被選為參議員。第一次榮獲國家文學獎。

1946　認識瑪蒂爾德・烏魯蒂亞。

1947　《第三居所》出版。

1948　在參議院發表演說《我控訴》。被智利最高法院剝奪議員特權,遭全國通緝。

1949　翻越安地斯山,逃出智利,開始海外流亡。

1950　《漫歌》出版。

1952　《船長的歌》匿名出版。流亡結束,回到智利。

1954　慶祝五十誕辰。《元素的頌歌》出版。將藏書和貝殼等其他收藏品贈予智利大學。《葡萄與風》出版。

1955　與黛麗亞分手，與瑪蒂爾德搬進「拉恰斯高納」（La Chascona）。

1958　《狂想集》出版。

1959　《愛情十四行詩一百首》出版。

1961　《二十首情詩和一支絕望的歌》出版第一百萬冊。

1964　慶祝六十壽辰。詩體回憶錄《黑島紀事》出版。

1965　被授予牛津大學哲學與文學榮譽博士學位。

1966　與瑪蒂爾德辦理法定結婚手續。《原地不動的旅行者》出版。《鳥的藝術》出版。出席在紐約舉行的世界筆會。

1967　瑪格麗塔・阿吉雷為聶魯達所撰寫傳記出版。

1969　獲得智利議會銀質獎章、榮譽博士，被提名為總統候選人。

1971　任駐法國大使。獲得諾貝爾文學獎。

1973　去世。

1974　遺著全部出版。

1992　與瑪蒂爾德的遺體終於遷回黑島合葬。

（根據聶魯達官方網站所輯譯出。）

二、巴略霍

1892　3月15日出生於秘魯北部安地斯山區的聖地牙哥・德・丘科。

1900　開始上小學。

1905　開始上中學。

1908　中學最後一年,開始寫詩。

1909　由於家庭經濟困難,幫助工作。

1910　在利貝爾塔大學(今國立特魯希略大學)文學系註冊。後因經濟困難而還鄉。

1911　赴利馬,在聖馬可大學註冊,因經濟困難又退學。

1912　在莊園做助理出納員,與農民有了直接接觸。

1913　進入利貝爾塔大學文哲系攻讀文學。

1914　大學二年級,同時在小學任教。在當地報刊上發表了一些詩作,後經修改,收入《黑色的使者》。

1915　文哲系三年級、法律系一年級,同時任國立小學一年級教師。與特魯希略的朋友一起旅遊,閱讀歐美詩人的作品。8月22日其胞兄米格爾去世。一個月後,提交論文《卡斯蒂利亞語詩歌中的浪漫主義》,獲學士學位。在《改革》雜誌上發表《死去的鐘》。

1916　法律系二年級,繼續任小學教師。在利馬的《巴爾內阿里奧斯》雜誌上發表詩作《鄉村之夜》、《鄉村的節日》等詩作。

1917　法律系三年級,繼續任小學教師。在一次節日集會上朗誦《黑色的使者》。在《改革》雜誌上發表詩作。

1918　在聖馬可大學文學系註冊。結識貢薩雷斯・普拉達、埃古倫、巴爾德洛瑪爾等名流。與馬里亞特吉一起編《我們的時代》雜誌。《黑色的使者》交付印刷。任教的小學校長去世,由其接任。該年8月8日,其母去世,對他的精神產生了深刻的影響。

1919　失去小學校長職務。改任瓜達盧佩小學教師。《黑色的使者》面世，但署的是前一年的日期，在報刊上受到好評。開始創作《特里爾塞》。

1920　回鄉探親，在參加聖地牙哥（即聖雅各）紀念慶典時因「帶頭襲警鬧事」而被通緝並終遭逮捕，受過112天的牢獄之災。

1921　由於朋友們和知識界對官方施加的壓力，獲得了暫時的自由。112天的鐵窗生涯對其一生產生了深遠的影響，經常在他的詩作中反映出來。繼續創作詩集《特里爾塞》。短篇小說《在生與死的後面》獲獎。

1922　詩集《特里爾塞》出版。

1923　出版《音階》和中篇詩化小說《野蠻的寓言》。不再做小學教師工作。傳言其案子可能重新開庭，遂於6月17日乘船赴歐洲，於7月13日抵達巴黎。開始為特魯希略的《北方》報撰稿。與巴黎和西班牙出版界合作。經濟十分困難。

1924　父親去世。經濟困難。創作散文詩。

1925　開始與《世界》周刊合作（至1930年）。生病臥床。赴馬德里領取獎學金，年底返回巴黎。

1926　年初病情加重。開始與利馬的《多樣性》雜誌合作（至1930年）。與胡安‧拉雷塔共同創辦《繁榮‧巴黎‧詩歌》雜誌。與先鋒派詩人廣泛交往。

1927　再次去馬德里。與哥斯大黎加聖荷西市的《美洲彙編》雜誌合作。精神與道德危機。對馬克思主義產生了濃厚興趣。

1928　第一次前往蘇聯訪問，途經柏林與布達佩斯。與其他秘魯作家、政治家一道，為甫建立的秘魯共產黨撰寫《論秘魯發展之舉》的文章；建議在巴黎成立秘魯共產黨支部。

1929　首次在《商業》報上發表文章。訪問英國。再次訪問蘇聯，順訪德國、波蘭、奧地利、捷克、克羅埃西亞、義大利等國家和地區。撰寫《藝術與革命》。

1930　放棄與《世界》和《商業》兩刊物的合作。在馬德里的《玻利瓦爾》雜誌上發表旅蘇觀感。訪問西班牙，結識阿爾貝蒂與薩利納斯等詩人。《特里爾塞》第二版在馬德里問世，由貝爾加明作序。其政治活動引起巴黎當局的注意，於年底被驅逐出巴黎，前往西班牙。

1931　在馬德里與出版界合作。發表中篇小說《鎢礦》、報導《俄羅斯在1931》和《在克里姆林宮前的思考》。加入西班牙共產黨。加深了與加西亞・洛爾卡的友誼。積極參加西班牙左派的活動。第三次訪蘇，參加國際作家大會。歸來後寫了《面臨第二個五年計劃的俄羅斯》，被出版社退回。創作《人類的詩篇》中的某些詩作。

1932　重返巴黎，獲居留權。完成《面臨第二個五年計劃的俄羅斯》（1965年才出版）。

1933　經濟情況日趨拮据。在巴黎的《芽月》雜誌發表有關秘魯的政治報導。

1934　繼續在巴黎從事政治活動。開始寫政治喜劇《克拉喬兄弟》。在不同時期與幾位不同的女性同居後，終於在10月11日與吉奧爾吉特（Georgette）結婚。

1935　脫離了緊張的革命活動，寫了兩個電影腳本和幾個短篇小說。

1936　西班牙內戰的爆發激起他的政治熱情，參與籌建「保衛

西班牙共和國委員會」，參加群眾集會和聲援共和國的活動。赴馬德里和巴塞隆納做宣傳報導。12月31日回到巴黎。

1937　作為第二屆國際作家保衛文化大會的秘魯代表赴西班牙。曾赴馬德里前線訪問。任國際作家協會秘魯分會書記。發表關於西班牙內戰的文章。創作《疲勞的岩石》和《西班牙，請拿開這杯苦酒》以及《人類的詩篇》中的詩作。

1938　開始重建秘魯保障與自由運動。極度疲勞，健康惡化，於4月15日上午9時20分在法國巴黎去世。

1939　1月，《西班牙，請拿開這杯苦酒》出版；6月，《人類的詩篇》在巴黎出版。

1970　人們將其遺體移到有名的蒙帕納斯公墓。

三、紀廉

1902　生於古巴卡馬圭省。

1919　紀廉中學畢業，入哈瓦那大學攻讀法律。

1920　輟學回到家鄉。

1922　主編《百合花》文學雜誌。

1926　紀廉成為《哈瓦納日報》星期日文學增刊的固定撰稿人。

1929　發表文章《哈林的路》，譴責古巴種族制度。與蘭斯頓・休斯（Langston Hughes）在哈瓦納會面，對休斯十分欽佩，結為終生好友。

1930　出版詩集《松的旋律》（*Motivios de son*），獲得文學界好評。

1931	發表詩集《松戈羅·科松戈》。
1934	發表的《西印度有限公司》中，詩人憤怒抗議帝國主義對古巴黑人和混血種人的壓迫，標誌著紀廉思想上的成熟。
1935	開始為古巴共產黨的報刊撰稿。
1937	作為第二屆國際作家保衛文化大會代表到西班牙，在一次講演中，他譴責法西斯主義，並再次重申他的黑人血統。出版《致士兵的歌與致遊客的歌》和《西班牙：四種苦惱和一個希望》，在國際上贏得了聲譽。
1940	競選卡馬圭市長失敗。
1948	成為古巴共產黨上議院議員候選人，同樣競選失敗。他對黑人悲慘境遇的認同超過對祖國古巴的認同，體現在詩集《輓歌》（1958）。
1955	榮獲「加強國際和平」列寧國際獎。
1958	在阿根廷發了《人民的鴿子在飛翔》，謳歌各國人民的團結反帝事業，被譯成多種文字。
1959	回到古巴時，卡斯楚賦予其制定新的文化政策、建立古巴作家藝術家聯合會等任務。
1961	成為古巴作家藝術家聯合會主席。
1964	出版詩集《愛情的詩》、《我有》。
1967	出版詩集《偉大的動物園》。
1972	出版詩集《齒輪》、《每天的日記》。
1976	發表散文集《急就集》。
1989	逝世於哈瓦那。

四、阿爾貝蒂

1902　出生於西班牙卡迪斯聖瑪麗亞港（12月16日）。

1912　入聖路易斯・貢薩加教會小學。

1917　舉家遷往馬德里。第一次參觀普拉多博物館，影響其一生。

1920　詩人父親維森特・阿爾貝蒂在馬德里去世。其繪畫在馬德里秋季國家沙龍展出。

1921　開始對文學，尤其是對詩歌產生興趣。

1922　在《地平線》雜誌發表最初的詩作。在馬德里會館展出畫作，暫停繪畫活動。

1923　出於健康原因，遷居瓜達拉馬山區，於此處創作《大海與陸地》。

1924　在馬德里大學生公寓，結識了加西亞・洛爾卡、薩利納斯、紀廉、達利、布紐爾、阿萊克桑德雷、赫拉爾多・迭戈、達瑪索・阿隆索和何塞・貝爾加明等人。他的第一本書《大海與陸地》變成了《陸地上的水手》，獲國家文學獎。

1925　《情人》出版。

1926　結識伊格納西奧・桑切斯・梅希亞斯、費爾南多・維利亞隆和路易斯・塞爾努達。開始與《西方雜誌》合作。

1927　結識音樂家曼努爾・法雅。積極參與在塞維亞舉行的紀念貢戈拉的活動，此即「二七年一代」詩歌群體的由來。

1928　創作三幕詩劇《聖卡希爾達》。

1929　發表《石灰與歌》和《關於天使》。

1930　在馬德里認識女作家瑪麗亞・特蕾莎・萊昂。

1931 排演最初的劇作：《無居所之人》和《費爾敏·加蘭》，後者是為了紀念哈卡起義失敗後被槍斃的共和派英雄。認識米格爾·德·烏納穆諾。赴巴黎旅遊。加入共產黨。

1932 得到研究會資助，和瑪麗亞·特蕾莎·萊昂一起，赴柏林、蘇聯、丹麥、挪威、比利時、荷蘭等地遊覽。在《沒有鐘點的樹林》中翻譯蘇佩維埃爾的作品，後由 Plutarco 出版社出版。其母堂娜瑪麗亞·梅雷約在阿爾梅里亞去世。

1933 結識愛倫堡、聶魯達和西共總書記多洛雷斯·伊巴露麗。出版最初的革命詩集《號令》和《一個幽靈在歐洲遊蕩》。和瑪麗亞·特蕾莎·萊昂結婚。

1934 和妻子共同創辦革命刊物《十月》。應邀參加蘇聯第一屆作家代表大會。在俄國遊覽。在羅馬作為巴列—因克蘭的嘉賓。在美洲發表講座並朗誦。發表劇作《天佑的集市》和《東方三博士的喜劇》（兩部革命喜劇）。

1935 在墨西哥結識奧洛斯科、希蓋洛斯和里維拉。在墨西哥發表《看得見你又看不見你》，致著名鬥牛士伊格納西奧·桑切斯·梅希亞斯的輓歌。《十字與線條》雜誌為他出版《詩集（1924—1930）》。

1936 任知識分子反法西斯聯盟秘書。主編《藍色工作服》。被任命為浪漫派博物館館長。寫作《光榮的首都》。在馬德里歌劇院排演《西班牙的救星》（獨幕小品劇）。發表《十三條和四十八顆星》（加勒比詩篇）。

1937 參加第二屆國際作家代表大會。赴巴黎和莫斯科，會見史達林。發表《努曼西亞》（賽凡提斯作品改編）和《爆炸的驢》。

1938　排演《西班牙的救星》、《塞維亞電台》（佛朗明哥景象）。開始創作《失去的叢林》。作為士兵，入伍空軍。發表《詩集（1924 — 1938）》和《英雄的讚歌和人民的情誼》。

1939　共和國政府的失敗迫在眉睫，不得不和瑪麗亞・特蕾莎・萊昂一起離開西班牙，前往法國。在巴黎，阿爾貝蒂夫婦住在聶魯達和戴利亞位於塞納河畔的家裡，為世界—巴黎電台播音，創作了著名詩篇《鴿子錯了》。

1940　從馬賽起錨，和瑪麗亞・特蕾莎一起赴阿根廷，受到知識界和藝術家們的歡迎。Losada 出版社為其出版了《詩集（1924 — 1939）》。

1941　女兒艾塔娜在布宜諾斯艾利斯出生。創作喜劇《開花的三葉草》。出版《在石竹與劍之間》。

1942　出版《啊，公牛！》和《隨時隨刻》（一個西班牙家庭的戲劇）；在墨西哥出版《失去的叢林》（回憶錄第一卷）。

1943　在阿根廷各地發表講座。

1944　馬加麗塔・席古在蒙特維多排演由他改編的《努曼西亞》，在布宜諾斯艾利斯排演《醜八怪》。創作另一部劇作《俊女》。參觀胡安娜・德・伊瓦沃羅故居。應邀在阿根廷和烏拉圭做配樂詩朗誦巡演。發表《潮汐》。

1945　和瑪麗亞・特萊沙一起去智利遊覽。多次舉辦講座和朗誦。與聶魯達重逢。發表散文集《第一印象》。

1946　創作《致繪畫》（色彩與線條的詩篇）。

1947　在蒙特維多美術館展出繪畫作品。發表情詩集《維納斯解下的腰帶》。

1948　發表《致繪畫》和《以色列人民快樂的讚歌》。
1949　在烏拉圭的埃斯特角展出圖畫作品。在蒙特維多發表《胡安・帕納德羅的歌》、《和平的讚歌和人民的快樂》。
1950　作為代表，出席華沙世界和平大會。出版第一部戲劇集（《無居所之人》、《開花的三葉草》和《俊女》）。
1951　在阿根廷首都的伯尼諾畫廊展出畫作。發表《用中國水墨描繪的布宜諾斯艾利斯》。
1952　和瑪麗亞・特萊沙一起去華沙。發表《遙遠記憶的回顧》。
1953　為紀念卡迪斯建城三千周年，在布宜諾斯艾利斯發表《大海之濱》並舉辦紀念畫展。訪問蘇聯和東歐各國。
1954　發表《帕拉納河的歌謠》。在布宜諾斯艾利斯加拉泰亞畫廊參展。
1955　布宜諾斯艾利斯的伯尼諾畫廊為他發表抒情畫冊，包括十首配有彩色插圖的詩歌。
1956　寫作劇本《普拉多博物館的戰爭之夜》。在法國的阿拉斯排演《醜八怪》，在哥特堡排演《開花的三葉草》。
1957　在巴黎排演《醜八怪》。去中國參觀遊覽。再訪蘇聯和羅馬尼亞。訪問義大利。
1958　在德國波鴻排演《醜八怪》。發表與瑪麗亞・特蕾莎・萊昂合寫的《中國在微笑》。
1959　詩作大部分譯成德文。在義大利準備義大利文版的戲劇、詩歌和散文選。出版第一部回憶錄（《失去的叢林》第一卷和第二卷）。
1960　在古巴、委內瑞拉、秘魯、哥倫比亞等拉丁美洲國家舉辦講座和朗誦。

1961　拜訪畢卡索，祝賀其八十壽辰。義大利文版《第一印象》和《開花的三葉草》問世。

1962　阿根廷和烏拉圭首都紀念其六十華誕。改編弗朗西斯科·德利卡多的喜劇《豐滿的安達魯西亞女人》。發表《情景詩》和《維納斯和普里阿普斯的對話》。

1963　離開阿根廷，返回歐洲。遷居羅馬，在那裡和妻子一起居住了十四年。自內戰以來，西班牙第一次出版他的書：《鬥牛大觀》。

1964　發表《向所有的時間開放》和《十首羅馬的十四行詩》，配有他的原創木刻插圖。發表戲劇第二卷：《豐滿的安達魯西亞女人》（三幕劇加長篇序言）、《隨時隨刻》和《普拉多博物館的戰爭之夜》。開始創作《羅馬，行人的危險》。

1965　在羅馬和米蘭藝術畫廊展出畫作。在第五屆造型藝術展首次獲得版畫獎。赴莫斯科領取列寧和平獎。數部作品譯成俄文。發表《畢卡索，不停的閃電》目錄。

1966　為紀念畢卡索，創作配有彩色木刻和素描插圖的《畢卡索的眼睛》。《關於天使》譯成義大利文。在羅馬與米格爾·安赫爾·阿斯圖里亞斯相遇。《街頭使人》在巴黎出版。

1967　獲義大利雷焦艾米利亞榮譽市民稱號。在義大利斯波萊托結識金斯堡（Allen Ginsberg）。做抒情詩畫冊《紀念米羅》。在羅馬展出木刻、素描和手稿。發表《情詩》。

1968　在米蘭埃斯卡拉劇場排演在《關於天使》基礎上改編的芭蕾。出版《羅馬，行人的危險》。在義大利各畫廊舉辦畫展。

1969　在各畫展中，尤其突出的是在米蘭舉辦的《字母表的抒

情風格》,出版了絹網彩色畫頁。發表《「陸地上的水手」以前的詩歌》。

1970　巴塞隆納舉辦阿爾貝蒂個人詩畫作品展。在羅馬 Margherita 畫廊辦展。發表《畢卡索的八個名字》和《找到的散文》。

1971　製作紀念畢卡索九十壽辰配有木刻插圖的詩歌冊頁。在法國亞維農撰寫畢卡索目錄的文本。作《譴責》一詩,為被布哥斯戰爭法庭判決的巴斯克同胞辯護。

1972　為慶祝自己的七十歲生日,在羅馬的隆達尼尼畫廊,展出詩畫作品。雷焦艾米利亞市為他籌劃紀念活動。西班牙和義大利藝術家為他舉辦了「和阿爾貝蒂一起遊西班牙」畫展,並出版了木刻冊頁。出版義大利文版《羅馬,行人的危險》。出版《詩集(1924—1967)》、《蔑視和奇跡》(雙語)和《阿涅內河上游的歌》。

1973　在羅馬上演義大利文版《普拉多博物館的戰爭之夜》。在佛羅倫斯廣大聽眾面前,作題為「我的兄弟聶魯達」的講座。

1974　馬拉加《海濱》雜誌為他出版《羅馬,行人的危險》。

1975　在西班牙出版《失去的叢林》,同時出了義大利文版。獲埃特納—陶爾米納獎。在羅馬參加多洛雷斯・伊巴露麗八十壽辰的紀念活動。

1976　在馬塞多尼亞獲獎。在馬德里排演《醜八怪》,偉大的藝術家瑪麗亞・卡薩雷斯飾女主角。

1977　4月27日,結束流亡生涯,和妻子瑪麗亞・特蕾莎・萊昂一起回到西班牙。在卡迪斯當選為共產黨議員,但為了繼續做「街頭詩人」,很快辭去了議員席位。

1978　在馬德里的瑪麗亞・格雷羅劇院上演《普拉多博物館的

戰爭之夜》。為加西亞・洛爾卡的《吉卜賽謠曲集》作十九幅木刻和其它大量插圖。和努麗亞・埃斯佩特一起,在世界各地朗誦。出版《詩集(1924 — 1967)》,插圖版《失去的叢林》(第一卷和第二卷)。將最有價值的作品和紀念品捐贈給聖瑪麗亞港。

1979　朗誦,講座,合作,遊覽。

1980　在保加利亞獲得波特夫詩歌獎。在美國朗誦。發表《損耗的光》和《故事集》。在西班牙排演其版本的《豐滿的安達魯西亞女人》。

1981　獲國家戲劇獎和佩德羅獎。發表《我對畢卡索說的話和唱的歌》。

1982　獲法蘭西文學藝術騎士稱號。在聖瑪麗亞港,人民為他舉行紀念活動,波多政府為他頒發「銀螺」獎。發表《每日散詩》。法國土魯斯大學授予名譽博士稱號。

1983　獲多種獎項,其中最重要的是賽凡提斯文學獎。

1984　任威尼斯國際電影節評委。開始在西班牙國家報和義大利《晚報》上按章發表《失去的叢林》第二部(第三卷和第四卷)。出版《為了孩子》、《議會的十四行詩》和《費德里科・加西亞・洛爾卡,詩人和朋友》。

1985　獲卡迪斯大學名譽博士稱號。系列畫冊《四季》出版。出版《海洋之書》和《大海》。

1986　《影子的海灣》出版,配有曼努埃爾・里維拉的插圖,《龍血樹的孩子們》出版。在阿爾穆涅卡獲「講經者」詩歌獎,在拉比達獲銀帆船戲劇獎。

1987　出版《失去的叢林》第二部,《事故》(醫院的詩篇)和《歌四首》(《獻給阿泰爾的歌》的前身)。

1988　出席群眾為他在梅里達羅馬劇場舉行的紀念活動。在巴黎獲聯合國教科文組織頒發的「畢卡索勳章」。在馬德里維亞文化中心上演埃米里奧・埃爾南德斯執導的《無居所之人》。瑪麗亞・特蕾莎・萊昂在馬德里去世。何塞・路易斯・佩伊塞納飾演《失去的叢林》戲劇版中的男主角。製作聖瑪麗亞港交易會和塞維亞佛朗明哥雙年節的廣告。

1989　成為聖費爾南多皇家美術學院和聖塞西利亞美術學院院士。赴杜林參加安東尼奧・馬查多代表大會。發表《獻給阿泰爾的歌》。

1990　在聖瑪麗亞港和女作家、教師瑪麗亞・阿松森・馬黛奧結婚。同年，《阿爾貝蒂詩歌全集》第一、二卷出版。獲布林德奧斯大學名譽博士稱號。赴義大利和墨西哥訪問。墨西哥之行是由伊比利亞美洲合作學會安排，在熱烈的歡迎儀式上，墨西哥詩人奧克塔維奧・帕斯致歡迎辭，並有一系列授勳活動。赴葡萄牙參加詩歌大會並朗誦。

1991　繼續寫作《失去的叢林》第三卷。當代國際藝術交易會（ARCO）以他的畫展為開幕式。和妻子一起赴羅馬、拿坡里、卡布里等地和墨西哥遊覽，和努麗亞・埃斯佩特一起朗誦。在哈瓦那成為榮譽市民，哈瓦那大學授予名譽博士稱號。卡斯楚授予何塞・馬蒂勳章，古巴作家藝術家聯合會授予「名譽會員」稱號。赴阿根廷遊覽，成為布宜諾斯艾利斯榮譽市民。在賽凡提斯國家劇院受到熱烈歡迎，著名作家埃內斯托・薩巴托致歡迎辭。面對玫瑰宮，在五月母親廣場朗誦自己的詩作《那位將軍》。赴智利旅行，在莫內達宮受到總統接待。會見薩爾瓦多・阿葉德家人。獲加夫列拉・米斯特拉爾最高文化勳章。成為聖地牙哥「榮譽嘉賓」。比森特・維多

夫羅基金會和聶魯達基金會授予他「名譽會員」稱號。在 5 月 1 日當天，為廣大智力勞動者朗誦《飛奔》。參觀聶魯達在黑島的故居。成為格拉納達大學的名譽博士。

1992　和瑪麗亞・阿松森・馬黛奧一起居住在聖瑪麗亞港，居所是市政府授予的，人稱「大海之濱」。再訪古巴。獲安達魯西亞研究獎。塞維亞排演《俊女》，作為「92 世博會」開幕式的一部分。《陸地上的水手》佛朗明哥版問世。安達魯盧西亞政府出版《大海之濱》，配有詩人創作的插圖。和瑪麗亞・阿松森重遊阿根廷，在各地朗誦。赴烏拉圭埃斯特角，其故居「俊女」仍保存完好。

1993　獲安達魯西亞文化獎。赴瓦倫西亞領取國王頒發的金質藝術勳章。獲馬德里康普頓斯大學名譽博士稱號。赴米蘭領取沙龍詩歌獎。

1994　在聖瑪麗亞港主持「阿爾貝蒂基金會」成立儀式。關於海洋的詩作《只有海洋》出版。

1995　獲瓦倫西亞科技大學名譽博士稱號。與瑪麗亞・阿松森合作，出版西班牙語愛情詩選《歌中之歌》。

1996　獲「卡迪斯之子」和「聖瑪麗亞港永久市長」稱號。在阿爾貝蒂基金會出席最後一卷《失去的叢林》的首發式。

1997　阿爾貝蒂基金會與加西亞・洛爾卡基金會結為姊妹基金會。

1998　羅馬市政府授予「榮譽市民」稱號。獲加泰隆尼亞政府頒發的聖何爾迪大十字勳章。

1999　10 月 27 日，在聖瑪麗亞港家中與世長辭，實現了他永遠融入家鄉大海的宿願。

（根據阿爾貝蒂基金會提供的資料編譯，編者略有刪節。）

五、埃爾南德斯

1910　10月30日，出生於西班牙奧里胡埃拉（阿利坎特）。

1925　14歲，輟學，在家牧羊，分送羊奶。同年，烏納穆諾被獨裁統治流放。奧爾特加‧伊加塞特發表《藝術的非人性化》。吉列爾莫‧德‧托雷發表《先鋒的歐洲文學》。

1927　發表最初的詩歌創作手稿。同年，西班牙詩人們紀念貢戈拉。加西亞‧洛爾卡排演《瑪麗亞‧皮內達》。塞爾努達發表第一部詩作《空氣的輪廓》。巴列—因克蘭開始發表他的伊比利系列小說。

1929　其第一首詩，發表在《奧里胡埃拉人民》報上。

1930　早期詩作發表在《奧里胡埃拉人民》報上，諸如《意志》、《目前》、《光彩》等。

1931　與何塞菲娜‧曼雷莎相識，後與其結婚。第一次去馬德里。共和國宣告成立。加西亞‧洛爾卡發表《深歌》。

1932　《插圖》和《文學學報》雜誌刊登對他的訪談。回到奧里胡埃拉。在當地紀念加布列爾‧米羅。與卡門‧孔德和安東尼奧‧奧里維爾詩人夫婦建立友誼。桑胡爾霍（Sanjurjo）將軍反共和國的叛亂失敗。頒布加泰隆尼亞區域自治法。阿萊克桑德雷發表《如唇之劍》。赫拉爾多‧迭戈編選的《西班牙詩選》面世。

1933　在穆爾西亞出版第一部詩集《月亮上的能手》。參與《雄雞危機》的籌備，第二年面世。西班牙長槍黨建立。洛爾卡劇作《血的婚禮》首演。聶魯達發表《大地上的居所》。阿爾貝蒂發表《號令》。

1934　在奧里胡埃拉的新聞大廳朗讀《曾經見過你和正在看見你的人》。再赴馬德里。將自己的詩作呈送何塞‧貝爾

加明,後者將其在自己的雜誌《十字與線條》上發表。結識「二七年一代」的詩人。與何塞菲娜・曼雷莎開始戀人關係。阿斯圖里亞斯工人運動遭到鎮壓。智利詩人聶魯達來到西班牙。洛爾卡劇作《耶爾瑪》首演。卡索納的《擱淺的美人魚》上演。

1935 和恩里克・阿斯科阿加及其他青年作家一起,參與「教育考察」工作。開始在《鬥牛》百科全書工作。創作劇本《岩石的兒女》,在《綠馬》雜誌發表。與阿萊克桑德雷結下深厚的友誼。人民陣線建立。阿萊克桑德雷出版《毀滅或愛情》。《綠馬詩刊》創立。青年時代的摯友拉蒙・希赫去世。加西亞・洛爾卡發表《致伊格納西奧・桑切斯・梅希亞斯的輓歌》。

1936 發表著名的《致拉蒙・希赫的輓歌》。孔恰・門德斯和曼努埃爾・阿爾托拉吉雷將《不停的閃電》收入他們主編的「英雄」叢書。自願加入民兵第五團。從事文化民兵工作。巴列—因克蘭去世。人民陣線在2月大選中獲勝。佛朗哥起義。內戰爆發。加西亞・洛爾卡在格拉納達被殺害。烏納穆諾逝世。

1937 與何塞菲娜・曼雷莎結婚。寫作《人民的風》,同年出版。出席反法西斯作家大會。出版《戰時戲劇》和《死亡的牧人》。作為西班牙知識界的一員訪問蘇聯。同年12月,長子出生。德國和義大利退出「互不侵犯委員會」。轟炸格爾尼卡。佛朗哥軍隊在畢爾包和馬拉加獲勝。聶魯達發表《西班牙在心中》。埃米里奧・普拉多斯和安東尼奧・羅德里格斯・莫尼諾在瓦倫西亞出版《西班牙內戰謠曲總集》。在瓦倫西亞開始出版《西班牙時刻》雜誌。

1938　寫作《窺伺者》。長子夭折。佛朗哥的軍隊將共和國地區分割成兩部分。

1939　次子曼努埃爾・米格爾出生。《窺伺者》的出版未能完成。欲從烏埃爾塔赴葡萄牙，被葡萄牙當局遣回並交給西班牙憲警。被監禁在塞維亞和馬德里。9月，在獄中寫了《洋蔥謠》，孔恰・薩爾多亞認為這是西班牙最悲傷的搖籃曲。西班牙內戰以佛朗哥的勝利而告終。安東尼奧・馬查多在流亡中去世。聶魯達發表《憤怒與痛苦》。第二次世界大戰開始。

1940　被一個戰時法庭判處死刑。後改判三十年監禁。

1940　遷往阿利坎特成人教養院。病情惡化。

1942　3月28日，病死在獄中。

（參考1986年版《米格爾・埃爾南德斯詩歌全集》大事年表編譯。）

國家圖書館出版品預行編目（CIP）資料

人民的風席捲著我：聶魯達等國際詩人反法西斯詩選 / 聶魯達等作；趙振江翻譯. -- [新北市]：原鄉人文化工作室，2025.09
　　面；　公分
ISBN 978-626-99979-0-9（精裝）

813.1　　　　　　　　　　　114010899

人民的風席捲著我：
聶魯達等國際詩人反法西斯詩選

作　　者：聶魯達等
翻　　譯：趙振江

主　　編：張鈞凱
封面設計：黃郁維
版面編排：王凱倫

策　　劃：台灣社會共好論壇籌備會
出　　版：原鄉人文化工作室
地　　址：234966 永和永貞郵局第 234 號信箱
信　　箱：mynativelandstudio@gmail.com
印刷發行：秀威資訊科技股份有限公司

ＩＳＢＮ：9786269997909
出版日期：2025 年 9 月 3 日
定　　價：新台幣 500 元

版權所有・翻印必究　　Printed in Taiwan
（如有缺頁、破損或裝訂錯誤，請寄回原鄉人文化工作室更換，謝謝。）